U0463027

读古人书　友天下士

昌明国学　弘扬文化

崇文国学普及文库

诗经

叶春林　校译

长江出版传媒｜崇文书局

总序

现代意义的“国学”概念，是在19世纪西学东渐的背景下，为了保存和弘扬中国优秀传统文化而提出来的。1935年，王缁尘在世界书局出版了《国学讲话》一书，第3页有这样一段说明：“庚子义和团一役以后，西洋势力益膨胀于中国，士人之研究西学者日益众，翻译西书者亦日益多，而哲学、伦理、政治诸说，皆异于旧有之学术。于是概称此种书籍曰‘新学’，而称固有之学术曰‘旧学’矣。另一方面，不屑以旧学之名称我固有之学术，于是有发行杂志，名之曰《国粹学报》，以与西来之学术相抗。‘国粹’之名随之而起。继则有识之士，以为中国固有之学术，未必尽为精粹也，于是将‘保存国粹’之称，改为‘整理国故’，研究此项学术者称为‘国故学’……”从“旧学”到“国故学”，再到“国学”，名称的改变意味着褒贬的不同，反映出身处内忧外患之中的近代诸多有识之士对中国优秀传统文化失落的忧思和希望民族振兴的宏大志愿。

从学术的角度看，国学的文献载体是经、史、子、集。崇文书局的这一套国学经典普及文库，就是从传统的经、史、子、集中精选出来的。属于经部的，如《诗经》《论语》《孟子》《周易》《大学》《中庸》《左传》；属于史部的，如《战国策》《史记》《三国志》《贞观政要》《资治通鉴》；属于子部的，如《道德经》《庄子》《孙子兵法》《鬼谷子》《世说新语》《颜氏家训》《容斋随笔》《本草纲目》《阅微草堂笔记》；属于集部的，如《楚辞》《唐诗三百首》《豪放词》《婉约词》《宋词三百首》《千家诗》《元曲三百首》《随园诗话》。这套书内容丰富，而分量适中。一个希望对中国优秀传统文化有所了解的人，读了这些书，一般说来，犯常识性错误的可能性就很小了。

崇文书局之所以出版这套国学经典普及文库，不只是为了普及国学常识，更重要的目的是，希望有助于国民素质的提高。在国学教育中，有一种倾向需要警惕，即把中国优秀的传统文化“博物馆化”。“博物馆化”是20世纪中叶美国学者列文森在《儒教中国及其现代命运》中提出的一个术语。列文森认为，中国传统文化在很多方面已经被博物馆化了。虽然中国传统的经典依然有人阅读，但这已不属于他们了。“不属于他们”的意思是说，这些东西没有生命力，在社会上没有起到提升我们生活品格的作用。很多人阅读古代经典，就像参观埃及文物一样。考古发掘出来的珍贵文物，和我们的生命没有多大的关系，和我们的生活没有多大关系，这就叫作博物馆化。“博物馆化”的国学经典是没有现实生命力的。要让国学经典恢复生命力，有效的方法是使之成为生活的一部分。崇文书局之所以强调普及，深意在此，期待读者在阅读这些经典时，努力用经典来指导自己的内外生活，努力做一个有高尚的人格境界的人。

国学经典的普及，既是当下国民教育的需要，也是中华民族健康发展的需要。章太炎曾指出，了解本民族文化的过程就是一个接受爱国主义教育的过程：“仆以为民族主义如稼穑然，要以史籍所载人物制度、地理风俗之类为之灌溉，则蔚然以兴矣。不然，徒知主义之可贵，而不知民族之可爱，吾恐其渐就萎黄也。”（《答铁铮》）优秀的传统文化中，那些与维护民族的生存、发展和社会进步密切相关的思想、感情，构成了一个民族的核心价值观。我们经常表彰“中国的脊梁”，一个毋庸置疑的事实是，近代以前，“中国的脊梁”都是在传统的国学经典的熏陶下成长起来的。所以，读崇文书局的这一套国学经典普及读本，虽然不必正襟危坐，也不必总是花大块的时间，更不必像备考那样一字一句锱铢必较，但保持一种敬重的心态是完全必要的。

期待读者诸君喜欢这套书，期待读者诸君与这套书成为形影相随的朋友。

陈文新

（教育部长江学者特聘教授，武汉大学杰出教授）

前言

《诗经》是我国最早的一部诗歌总集，它反映了西周初年（公元前十一世纪）至春秋中叶（公元前六世纪）500多年间的古代社会生活。它是我国古代人民智慧和经验的结晶，为我国诗歌创作奠定了深厚的文学基础，在文学史和文化史上产生了深远的影响，堪称我国文学宝库中的一朵奇葩。

《诗经》共305篇，先秦时称为“诗”或“诗三百”，汉武帝时尊为经典，此后才称为《诗经》。按其内容，可分为“风”、“雅”、“颂”三类。“风”乃民间歌谣，共160篇，总称十五国风；“雅”乃西周京都正音，分《大雅》（31篇）、《小雅》（74篇），共105篇，多为官吏或文人创作；“颂”乃王侯在宗庙祭祀时用的乐歌或舞曲，分《周颂》（31篇）、《鲁颂》（4篇）、《商颂》（5篇），合称“三颂”（共40篇）。

《诗经》无论是在体裁形式、语言技巧，还是在艺术形象和表现手法上，都显示出我国最早的诗歌作品在艺术上的巨大成就。赋、比、兴的运用，既是《诗经》艺术特征的重要标志，也开启了我国古代诗歌创作的基本手法。赋，简言之，就是铺陈直叙，即诗人把思想感情及其有关的事物平铺直叙地表达出来。比就是打比方，以彼物比此物，借一个事物来作比喻。兴则是触物兴词，即客观事物触发了诗人的情感，引起诗人歌唱，大多在诗歌的发端。赋、比、兴三种手法，在诗歌创作中往往交相使用，共同创造了诗歌的艺术形象，抒发了诗人的情感。

《诗经》距今有约二千五百年的历史，前人对其注释甚多，众说纷纭，难免出现诸多分歧。编者在编译《诗经》过程中，依循其文本，探求其原意，力求结合其所处的历史文化背景及相关的古代汉语知识，对其语言进行准确全面的诠释，集通俗性、科学性、文学性于一体，以供广大读者鉴赏。若有不当之处，敬请广大读者指正！

目录

国风

齐风

魏风

唐风

雅

小雅·谷风之什

小雅·甫田之什

小雅·鱼藻之什

大雅·文王之什

大雅·生民之什

大雅・荡之什

颂

周颂・清庙之什

周颂・臣工之什

周颂·闵予小子之什

鲁颂

商颂

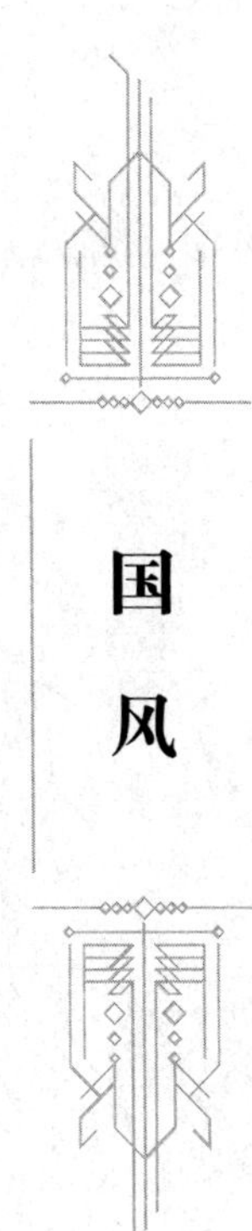

国风

周　南

关　雎

关关雎鸠，在河之洲。窈窕淑女，君子好逑。

【译文】

雎鸠关关叫得欢，成双成对在河滩。美丽温柔好姑娘，正是我的好侣伴。

参差荇菜，左右流之。窈窕淑女，寤寐求之。

【译文】

荇菜有短又有长，前后左右采摘忙。姑娘温柔又漂亮，做梦也在把她想。

求之不得，寤寐思服。悠哉悠哉，辗转反侧。

【译文】

追求姑娘难实现，醒来梦里意常牵。相思深情无限长，翻来覆去难成眠。

参差荇菜，左右采之。窈窕淑女，琴瑟友之。

【译文】

长长短短荇菜鲜，采了左边采右边。美丽温柔好姑娘，弹琴奏瑟亲无间。

参差荇菜，左右芼（mào）之。窈窕淑女，钟鼓乐之。

【译文】

长短不齐水荇菜，左边右边到处采。美丽温柔好姑娘，敲钟打鼓乐她怀。

葛 覃

葛之覃兮，施（yì）于中谷，维叶萋萋。黄鸟于飞，集于灌木，其鸣喈喈。

【译文】

葛藤长得长又长，枝叶伸到谷中央，叶子青青盛又旺。黄雀展翅来回飞，纷纷停落灌木上，啾啾鸣叫把歌唱。

葛之覃兮，施于中谷，维叶莫莫。是刈是濩（huò），为絺（chī）为绤（xì），服之无斁（yì）。

【译文】

葛藤长得长又长，枝叶升到谷中央，叶子青青密又旺。收割水煮不怕忙，织的葛布分两样，做衣穿着不厌弃。

言告师氏，言告言归。薄污我私，薄浣我衣。害（hé）浣害否？归宁父母。

【译文】

告诉我的女管家，我要探亲回娘家。搓呀揉呀洗内衣，外衣勤洗好常穿。洗和不洗分清爽，干干净净见爹娘。

卷　耳

采采卷耳，不盈顷筐。嗟我怀人，置彼周行。

【译文】

采了又采卷耳菜，采来采去不满筐。叹息想念远行人，竹筐搁在大道旁。

陟（zhì）彼崔（cuī）嵬（wéi），我马虺（huī）隤（tuí）。我姑酌彼金罍（léi），维以不永怀。

【译文】

骑上马儿上高冈，马儿困倦力用光。牛角杯里酒喝光，使我暂时不心伤。

陟彼高冈，我马玄黄。我姑酌彼兕觥（gōng），维以不永伤。

【译文】

登上高高土石冈，我马累得眼发黄。我且斟满杯中酒，借此暂时不心伤。

陟彼砠（jū）矣，我马瘏（tú）矣，我仆痡（qū）矣，云何吁矣。

【译文】

我骑马儿上石冈，马儿病倒体已伤，仆人累得走不动，此情此景好忧伤。

樛　木

南有樛（jiū）木，葛藟（lěi）累之。乐只君子，福履绥之。

【译文】

南边大树向下弯，野葡萄藤把它缠。祝愿君子乐无边，上天降福永平安。

南有樛木，葛藟荒之。乐只君子，福履将之。

【译文】

南边大树向下弯，野葡萄藤把它掩。祝愿君子乐无边，上天降福无灾难。

南有樛木，葛藟萦之。乐只君子，福履成之。

【译文】

南边大树向下弯，野葡萄藤把它盘。祝愿君子乐无边，上天降福遂心愿。

螽 斯

螽（zhōng）斯羽，诜诜（shēn）兮。宜尔子孙，振振兮。

【译文】

蝗虫展翅乱飞翔，后面聚集一大帮。你们子孙多又多，繁多兴盛聚一堂。

螽斯羽，薨薨兮。宜尔子孙，绳绳兮。

【译文】

蝗虫展翅乱飞翔，嗡嗡一群闹嚷嚷。你们子孙多又多，谨慎群聚在一堂。

螽斯羽，揖揖兮。宜尔子孙，蛰蛰兮。

【译文】

蝗虫展翅乱飞翔，密密麻麻到处撞。你们子孙多又多，安静和睦在一堂。

桃　夭

桃之夭夭，灼灼其华。之子于归，宜其室家。

【译文】

桃树含苞满枝头，开着鲜艳火红花。姑娘出嫁到婆家，夫妻和睦是一家。

桃之夭夭，有蕡（fén）其实。之子于归，宜其家室。

【译文】

桃树含苞满枝头，果实累累满枝丫。姑娘出嫁到婆家，夫妻和睦是一家。

桃之夭夭，其叶蓁蓁。之子于归，宜其家人。

【译文】

桃树含苞满枝头，叶子浓密有光华。姑娘出嫁到婆家，夫妻和睦是一家。

兔　罝

肃肃兔罝（jū），椓之丁丁。赳赳武夫，公侯干城。

【译文】

稀稀落落大兔网，敲打木桩响叮当。武士英姿雄赳赳，公侯卫国好屏障。

肃肃兔罝，施于中逵。赳赳武夫，公侯好仇。

【译文】

稀稀落落大兔网，设在宽阔大路旁。武士英姿雄赳赳，保护公侯好勇将。

肃肃兔罝，施（yì）于中林。赳赳武夫，公侯腹心。

【译文】

稀稀落落大兔网，布放广漠林中央。武士英姿雄赳赳，公侯心腹保国防。

芣 苢

采采芣（fú）苢（yǐ），薄言采之。采采芣苢，薄言有之。

【译文】

车前子呀采啊采，快点把它采些来。车前子呀采啊采，一把一把收起来。

采采芣苢，薄言掇之。采采芣苢，薄言捋之。

【译文】

车前子呀采啊采，一枝一枝拾起来。车前子呀采啊采，一把一把捋起来。

采采芣苢，薄言袺（jié）之。采采芣苢，薄言襭（xié）之。

【译文】

车前子呀采啊采，提起衣襟兜起来。车前子呀采啊采，掖起衣襟兜起来。

汉 广

南有乔木，不可休思。汉有游女，不可求思。汉之广矣，不可泳思。江之永矣，不可方思。

【译文】

南方有树多高大，不能歇息阴凉少。汉水有位游泳女，美貌俊俏难追到。汉水浩荡宽无边，游到对面难又难。长江源远又流长，如何并行结成双。

翘翘错薪，言刈其楚。之子于归，言秣其马。汉之广矣，不可泳思。江之永矣，不可方思。

【译文】

杂柴乱草长得高，荆条砍了一大把。姑娘如果嫁婆家，喂饱马儿去迎她。汉水浩荡宽无边，游到对面难又难。长江源远又流长，如何并行结成双。

翘翘错薪，言刈其蒌。之子于归，言秣其驹。汉之广矣，不可泳思。江之永矣，不可方思。

【译文】

杂柴乱草长得高，芦蒿割了一大把。姑娘如果嫁婆家，喂饱马儿去迎她。汉水浩荡宽无边，游到对面难又难。长江源远又流长，如何并行结成双。

汝　坟

遵彼汝坟，伐其条枚。未见君子，惄（nì）如调（zhōu）饥。

【译文】

沿着汝河堤岸走，砍下树枝当柴烧。不见我的心上人，就像饥饿心里焦。

遵彼汝坟，伐其条肄（yì）。既见君子，不我遐弃。

【译文】

沿着汝河堤岸走，用刀砍下细枝条。已经见到夫君面，庆幸没有把我抛。

鲂（fáng）鱼赪（chēng）尾，王室如燬（huǐ）。虽则如燬，父母孔迩。

【译文】

鲂鱼尾巴红艳艳，王室差遣如火烧。虽说官差急如火，爹娘很近莫忘掉。

麟之趾

麟之趾，振振公子。于嗟麟兮！

【译文】

麒麟的蹄不踢人，王孙公子心肠真好。哎呀，麒麟啊！

麟之定，振振公姓。于嗟麟兮！

【译文】

麒麟的额头不撞人，王孙公子心肠真好。哎呀，麒麟啊！

麟之角，振振公族。于嗟麟兮！

【译文】

麒麟有角不伤人，王孙公子心肠真好。哎呀，麒麟啊！

召南

鹊 巢

维鹊有巢，维鸠居之。之子于归，百两御之。

【译文】

喜鹊树上把窝搭，布谷鸟儿住它家。姑娘就要嫁婆家，百辆车子迎接她。

维鹊有巢，维鸠方之。之子于归，百两将之。

【译文】

鹊鹊树上把窝搭，布谷鸟儿占有它。姑娘就要嫁婆家，百辆车子护送她。

维鹊有巢，维鸠盈之。之子于归，百两成之。

【译文】

鹊鹊树上把窝搭，布谷鸟儿挤满它。姑娘就要嫁婆家，百辆车子娶到家。

采　蘩

于以采蘩？于沼于沚。于以用之？公侯之事。

【译文】

何处可以采白蒿？池塘旁边和沙洲。采了白蒿干什么？公侯之家祭祖宗。

于以采蘩？于涧之中。于以用之？公侯之宫。

【译文】

何处可以采白蒿？在那深深山涧中。采了白蒿干什么？公侯之家祭宗庙。

被之僮僮，夙夜在公。被之祁祁，薄言还归。

【译文】

女佣假发高又松，早晚忙碌公侯宫。女佣发饰多又密，侍奉结束回家中。

草　虫

喓（yāo）喓草虫，趯（tì）趯阜螽。未见君子，忧心忡忡。亦既见止，亦既觏止，我心则降！

【译文】

蝈蝈振翅呱呱叫，蚱蜢四处在蹦跳。长久不见夫君面，心中忧愁乱糟糟。已经见到心上人，终于相聚在这里，心儿放下才不焦。

陟彼南山，言采其蕨。未见君子，忧心惙惙。亦既见止，亦既觏止，我心则说（yuè）！

【译文】

登上那座南山上，蕨菜摘了几篮子。好久不见夫君面，心中忧愁把他盼。已经见到心上人，终于相聚在这里，心里欢欣又舒畅。

陟彼南山，言采其薇。未见君子，我心伤悲。亦既见止，亦既觏止，我心则夷!

【译文】

登到那座南山上，采摘青青蕨菜叶。好久不见夫君面，心中忧愁悲切切。已经见到心上人，终于相聚在这里，心里平静又喜悦。

采　蘋

于以采蘋？南涧之滨。于以采藻？于彼行潦。

【译文】

哪里采浮萍？南山溪水边。哪儿采水藻？水沟和池沼。

于以盛之？维筐及筥。于以湘之？维锜（qí）及釜。

【译文】

什么东西装？方筐和圆筐。什么东西煮？铁锅和铜釜。

于以奠之？宗室牖下。谁其尸之？有齐季女。

【译文】

祭品放哪边？宗庙窗下面。是谁来主祭？斋戒美少女。

甘　棠

蔽芾（fèi）甘棠，勿剪勿伐，召伯所茇（bá）。

【译文】

甘棠幼小又稚弱，不要修剪莫砍伐，召伯曾住这树下。

蔽芾甘棠，勿剪勿败，召伯所憩。

【译文】

甘棠幼小又稚弱，不要修剪别毁它，召伯曾歇这树下。

蔽芾甘棠，勿剪勿拜，召伯所说（shuì）。

【译文】

甘棠幼小又稚弱，不要修剪别拔它，召伯曾坐这树下。

行　露

厌浥（yì）行露。岂不夙夜？谓行多露。

【译文】

道上露水湿漉漉。难道不想早赶路？只怕路上露水多。

谁谓雀无角？何以穿我屋？谁谓女无家？何以速我狱？虽速我狱，室家不足。

【译文】

说谁麻雀没有嘴？怎么啄穿我的屋？谁说你还没成家？为啥逼我进牢狱？即使送我进牢房，逼我嫁你理不足。

谁谓鼠无牙？何以穿我墉？谁谓女无家？何以速我讼？虽速我讼，亦不女从。

【译文】

谁说老鼠没有牙？怎么打穿我的墙？谁说你还没成家？为啥逼我吃官司？即使逼我吃官司，我也决不嫁给你。

羔　羊

羔羊之皮，素丝五纥（tuó）。退食自公，委（wēi）蛇（yí）委蛇。

【译文】

身穿羔皮袍一件，白丝交叉细缝边。退出公府去吃饭，摇摇摆摆好悠闲。

羔羊之革，素丝五緎（yù）。委蛇委蛇，自公退食。

【译文】

身穿羔皮袍一件，白丝交叉细缝边。大摇大摆出公府，回到家里去吃饭。

羔羊之缝，素丝五总。委蛇委蛇，退食自公。

【译文】

穿了羔皮袍一件，白丝交叉细缝边。洋洋自得出公府，回到家里去吃饭。

殷其雷

殷其雷，在南山之阳。何斯违斯？莫敢或遑。振振君子，归哉归哉！

【译文】

雷声雷声响隆隆，响在南山南坡上。为何离家去远方？不敢休息整年忙。诚实忠厚心上人，快快回家聚一堂。

殷其雷，在南山之侧。何斯违斯？莫敢遑息。振振君子，归哉归哉！

【译文】

雷声雷声响隆隆，响在南边大山旁。为何离家去远方？不敢休息整年忙。诚实忠厚心上人，快快回家聚一堂。

殷其雷，在南山之下。何斯违斯？莫或遑处。振振君子，归哉归哉！

【译文】

雷声雷声响隆隆，响在南山山下方。为何离家去远方？没有休息整年忙，诚实忠厚心上人，快快回家聚一堂。

摽有梅

摽（biào）有梅，其实七兮。求我庶士，迨其吉兮。

【译文】

枝头梅子落纷纷，树上剩下有七成。要娶我的小伙子，趁着吉日好时辰。

摽有梅，其实三兮。求我庶士，迨其今兮。

【译文】

枝头梅子落纷纷，树上剩下有三成。要娶我的小伙子，趁着今日早订婚。

摽有梅，顷筐塈（jì）之。求我庶士，迨其谓之。

【译文】

枝头梅子落纷纷，多得要用筐儿盛。要娶我的小伙子，趁着仲春莫磨蹭。

小　星

嘒（huì）彼小星，三五在东。肃肃宵征，夙夜在公，寔命不同！

【译文】

小小星星闪微光，三个五个挂东方。急急忙忙赶夜路，起早睡晚为公忙，只因命运不一样！

嘒彼小星，维参（shēn）与昴（mǎo）。肃肃宵征，抱衾与裯（chóu），寔命不犹！

【译文】

小小星星闪微光，参星昴星在天上。急急忙忙赶夜路，抛开被子和床帐，别人命运比我强！

江有汜

江有汜，之子归，不我以。不我以，其后也悔。

【译文】

江水分流又合一，新人嫁来做你妻，你不同我在一起。今日如果不要我，将来一定要后悔。

江有渚，之子归，不我与。不我与，其后也处。

【译文】

大江之中有沙洲，新人嫁来做你妻，你不同我在一起。今日如果不要我，将来悔恨来不及。

江有沱，之子归，不我过。不我过，其啸也歌。

【译文】

江水长长有支流，新人嫁来做你妻，你不同我在一起。今日你将我抛弃，将来悲伤又叹息。

野有死麕

野有死麕（jūn），白茅包之。有女怀春，吉士诱之。

【译文】

山野有只死獐子，白茅轻轻把它包。姑娘春心暗暗动，年轻猎人把话挑。

林有朴樕（sù），野有死鹿。白茅纯束，有女如玉。

【译文】

大树林子小灌木，拾起死鹿在荒郊。白茅轻轻把它包，少女如玉真美貌。

舒而脱脱兮，无感我帨（shuì）兮，无使尨（máng）也吠。

【译文】

慢慢来啊手脚轻，不要掀动我佩巾，别惹狗儿叫嚷把它惊。

何彼襛矣

何彼襛矣？唐棣之华。曷不肃雝？王姬之车。

【译文】

为何这样浓艳漂亮？像棠棣花开一样。怎么那样庄重和谐？原来是王姬出嫁的车辆。

何彼襛矣？华如桃李。平王之孙，齐侯之子。

【译文】

为何这样浓艳漂亮？像桃李花开一样。那是平王的孙女出嫁，那是齐侯的儿子成家。

其钓维何？维丝伊缗（mín）。齐侯之子，平王之孙。

【译文】

钓鱼要用什么绳？并合之丝结细绳。齐侯儿子娶配偶，平王孙女做新娘。

驺 虞

彼茁者葭（jiā），壹发五豝（bā）。于嗟乎驺虞！

【译文】

芦苇茁壮真茂盛，一群母猪被射中。哎呀猎手本领真高强。

彼茁者蓬，壹发五豵（zōng）。于嗟乎驺虞！

【译文】

蓬蒿丛丛真茂盛，一群小猪被射中。哎呀猎手本领真高强。

邶风

柏　舟

泛彼柏舟，亦泛其流。耿耿不寐，如有隐忧。微我无酒，以敖以游。

【译文】

荡起小小柏木舟，随波漂浮到处流。心烦意乱难入睡，多少烦恼积心头。不是无酒来消愁，不是无处去遨游。

我心匪鉴，不可以茹。亦有兄弟，不可以据。薄言往愬（sù），逢彼之怒。

【译文】

我心不是青铜镜，不是一切尽照出。虽有骨肉亲兄弟，可惜不能当依靠。我向他们去诉苦，对我发怒脾气躁。

我心匪石，不可转也。我心匪席，不可卷也。威仪棣棣，不可选也。

【译文】

我心不是那方石，哪能任人去转移。我心不是一张席，哪能打开又卷起。仪容举动有尊严，不能退让又屈从。

忧心悄悄，愠于群小。觏闵既多，受侮不少。静言思之，寤辟有摽。

【译文】

满腹愁苦心头焦，怨恨小人气难消。遭遇痛苦已很多，蒙受侮辱也不少。静坐细想这些事，梦醒捶胸真难熬。

日居月诸，胡迭而微？心之忧矣，如匪浣衣。静言思之，不能奋飞。

【译文】

叫声太阳和月亮！为何轮流暗无光？心中忧愁洗不净，就像一件脏衣裳。静心细细前后想，不能上天展翅翔。

绿　衣

绿兮衣兮，绿衣黄里。心之忧矣，曷维其已？

【译文】

绿色衣啊绿色衣，黄色内衣里面藏。见到此衣心忧伤，忧伤何时才淡忘？

绿兮衣兮，绿衣黄裳。心之忧矣，曷维其亡？

【译文】

绿色衣啊绿色衣，绿衣里面是黄裳。穿上衣裳心忧伤，旧情深深怎能忘？

绿兮丝兮，女所治兮。我思古人，俾无訧（yóu）兮。

【译文】

绿色衣啊绿色衣，丝丝缕缕是你织。思念我的亡妻啊，使我不要有过失。

絺（chī）兮绤（xì）兮，凄其以风。我思古人，实获我心。

【译文】

粗葛布啊细葛布，穿上风凉又爽气。思念我的亡妻啊，称心如意好伴侣。

燕燕

燕燕于飞，差池其羽。之子于归，远送于野。瞻望弗及，泣涕如雨。

【译文】

燕子双双飞上天，翅膀参差上下展。姑娘就要嫁婆家，送到郊外远地方。人已远去望不见，泪珠如雨流满面。

燕燕于飞，颉之颃之。之子于归，远于将之。瞻望弗及，伫立以泣。

【译文】

燕子双双飞上天，忽上忽下来回转。姑娘就要嫁婆家，依依惜别送得远。人已远去望不见，凝神久立泪涟涟。

燕燕于飞，下上其音。之子于归，远送于南。瞻望弗及，实劳我心。

【译文】

燕子双双飞上天，上上下下细语怨。姑娘就要嫁婆家，远送姑娘到南边。人已远去望不见，心里伤悲肝肠断。

仲氏任只，其心塞渊。终温且惠，淑慎其身。先君之思，以勖寡人。

【译文】

仲氏为人可信任，敦厚诚实思虑深。性情温柔又和顺，品德美好行为端。不忘先君常思念，勉励寡人感我心。

日　月

日居月诸，照临下土。乃如之人兮，逝不古处。胡能有定？宁不我顾。

【译文】

太阳啊月亮啊，轮回照在大地上。天下竟有这种人，待我不像从前样。为何心不专一常动摇？竟然不顾我忧伤。

日居月诸，下土是冒。乃如之人兮，逝不相好。胡能有定？宁不我报。

【译文】

太阳啊月亮啊，光辉照在大地上。天下竟有这种人，现在不同我相好。为何心不专一常动摇？竟然不理把我抛。

日居月诸，出自东方。乃如之人兮，德音无良。胡能有定？俾也可忘。

【译文】

太阳啊月亮啊，从东升起照四方。天下竟有这种人，甜言蜜语坏心肠。为何心不专一常动摇？使我对他不思量。

日居月诸，东方自出。父兮母兮，畜我不卒。胡能有定？报我不述。

【译文】

太阳啊月亮啊，从东升起照四方。我的爹呀我的娘，何不终生将我养。为何心不专一常动摇？待我无情又无义。

终　风

终风且暴，顾我则笑。谑（xuè）浪笑敖，中心是悼。

【译文】

又刮风来又下雨，回头看我则调笑。调戏取笑太放荡，我心悲伤又烦恼。

终风且霾，惠然肯来。莫往莫来，悠悠我思。

【译文】

大风既起尘飞扬，他高兴时才登门。如今竟然不来往，绵绵相思不能忘。

终风且曀（yì），不日有曀。寤言不寐，愿言则嚏（tì）。

【译文】

大风吹得天昏昏，一会晴来一会阴。夜半独语难入梦，一想起你打喷嚏。

曀曀其阴，虺虺（huǐ）其雷。寤言不寐，愿言则怀。

【译文】

天色阴沉暗无光，雷声隆隆震天响。夜半独语难入梦，愿他时时将我想。

击　鼓

击鼓其镗（tāng），踊跃用兵。土国城漕，我独南行。

【译文】

战鼓擂得咚咚响，奔腾跳跃练刀枪。别人挑土筑漕城，我独南行上战场。

从孙子仲，平陈与宋。不我以归，忧心有忡。

【译文】

跟着将军孙子仲，军队平定陈与宋。不让我们回家乡，忧愁不安满心伤。

爰居爰处？爰丧其马？于以求之？于林之下。

【译文】

哪里能歇哪里停？丢了战马何处寻？要到哪儿找战马？丛林深处大树旁。

死生契阔，与子成说。执子之手，与子偕老。

【译文】

“死生离合心不变”，夫妻相约立誓言。紧紧拉住妻的手，白头偕老心不变。

于嗟阔兮，不我活兮。于嗟洵兮，不我信兮。

【译文】

可叹相隔太遥远，要想相会难上难。可叹生死长别离，不让我们守誓言。

凯　风

凯风自南，吹彼棘心。棘心夭夭，母氏劬（qú）劳。

【译文】

和风徐徐从南到，吹拂酸枣小嫩芽。枣苗长得嫩又壮，母亲辛苦常操劳。

凯风自南，吹彼棘薪。母氏圣善，我无令人。

【译文】

和风徐徐从南到，吹拂酸枣长成柴。母亲贤惠又慈爱，子女有愧不成材。

爰有寒泉，在浚之下。有子七人，母氏劳苦。

【译文】

泉水寒冷凉透骨，源头出自浚城处。养育儿子七个人，母亲养子多劳苦。

睍（xiàn）睆（huǎn）黄鸟，载好其音。有子七人，莫慰母心。

【译文】

清脆婉转黄雀叫，叫声啾啾真动听。养育儿子七个人，不能安慰慈母心

雄 雉

雄雉于飞，泄泄其羽。我之怀矣，自诒伊阻。

【译文】

雄野鸡飞向远方，呼啦啦扇动翅膀。心中怀念心上人，自找离愁空忧伤。

雄雉于飞，下上其音。展矣君子，实劳我心。

【译文】

雄野鸡飞向远方，飞上飞下咯咯唱。一心想念心上人，苦思苦想断我肠。

瞻彼日月，悠悠我思。道之云远，曷云能来？

【译文】

远望太阳和月亮，思念悠悠天地长。相隔道路太遥远，何时才能返故乡？

百尔君子，不知德行。不忮不求，何用不臧。

【译文】

贵族老爷满朝廷，不懂什么好品行。他不妒人又不贪，什么缘故不重用？

匏有苦叶

匏有苦叶，济有深涉。深则厉，浅则揭。

【译文】

葫芦熟了叶子枯，济水深深也能渡。水深连衣渡过去，水浅过河提衣裳。

有瀰济盈，有鷕（yǎo）雉鸣。济盈不濡轨，雉鸣求其牡。

【译文】

大水茫茫济水涨，水边野鸡叫嚷嚷。河水虽涨不湿轴，野鸡鸣叫求对象。

雝雝鸣雁，旭日始旦。士如归妻，迨冰未泮。

【译文】

大雁声声叫不停，朝阳初升在东方。你若有心娶新娘，河水未冻好时光。

招招舟子，人涉卬（áng）否。人涉卬否，卬须我友。

【译文】

船夫摇船摆渡过，别人过河我不过。别人过河我不过，我要等待我阿哥。

谷　风

习习谷风，以阴以雨。黾勉同心，不宜有怒。采葑采菲，无以下体。德音莫违，及尔同死。

【译文】

谷风飒飒阵阵吹，天气阴沉雨凄凄。夫妻勉励结同心，不要发怒不相容。采摘蔓菁和萝卜，难道要叶不要根？相约誓言不能忘，和你到死不分离。

行道迟迟，中心有违。不远伊迩，薄送我畿。谁谓荼苦？其甘如荠。宴尔新昏，如兄如弟。

【译文】

走在路上步履缓，心中有怨难消散。路途不远不相送，勉强送到门槛边。谁说苦菜味道苦，我吃起来甜如荠。你们新婚多开心，两口亲热如兄弟。

泾以渭浊，湜湜其沚。宴尔新昏，不我屑以。毋逝我梁，毋发我笱。我躬不阅，遑恤我后。

【译文】

渭水入泾泾水浑，泾水虽浑底下清。你们新婚多开心，不再与我在一起。别到我的鱼梁上，别用我的竹鱼筐。我身尚且不能安，哪里还能顾今后。

就其深矣，方之舟之。就其浅矣，泳之游之。何有何亡？黾勉求之。凡民有丧，匍匐救之。

【译文】

好比河水深悠悠，乘坐竹筏和木舟。过河遇到水浅处，下水游泳把河渡。家中东西有与无，尽心尽力去谋求。邻居家里有急难，全力以赴去帮助。

不我能慉，反以我为雠。既阻我德，贾用不售。昔育恐育鞫（jū），及尔颠覆。既生既育，比予于毒。

【译文】

你不爱我倒也罢，不该把我当冤仇。一片美意遭拒绝，有如货物无处售。从前生活怕困窘，共渡难关苦重重。如今生活有好转，嫌我好比嫌毒虫。

我有旨蓄，亦以御冬。宴尔新昏，以我御穷。有洸有溃，既诒我肄。不念昔者，伊余来塈（jì）。

【译文】

我腌干菜一坛坛，留到天寒好过冬。你们新婚好开心，却让我去挡贫穷。粗声恶气打又骂，辛苦活儿全给我。昔日恩情常不顾，你曾对我情独钟。

式　微

式微式微，胡不归？微君之故，胡为乎中露？

【译文】

日光渐暗天色灰，为何有家不能回？不是为了官家事，哪会露中吃尽苦？

式微式微，胡不归？微君之躬，胡为乎泥中？

【译文】

日光渐暗天色灰，为何有家不能回？不是君主养贵体，为啥泥水中受罪？

旄　丘

旄丘之葛兮，何诞之节兮？叔兮伯兮，何多日也？

【译文】

葛藤长在山丘上，枝节怎么那样长？晋国的叔伯弟兄呀，为啥拖延多日不帮忙？

何其处也？必有与也。何其久也？必有以也。

【译文】

为啥按兵不动不帮助？一定有什么理由。为啥拖拉这么久？一定有什么缘故。

狐裘蒙戎，匪车不东。叔兮伯兮，靡所与同。

【译文】

身穿狐裘毛蓬松，兵车却不开向东。晋国的叔伯弟兄呀，不和我们心意同。

琐兮尾兮，流离之子。叔兮伯兮，褎（yòu）如充耳。

【译文】

我们卑微又下贱，我们流亡真可怜。晋国的叔伯弟兄呀，怨声载道听不见。

简　兮

简兮简兮，方将万舞。日之方中，在前上处。

【译文】

这人个大身体壮，万舞演出要出场。太阳挂在正中央，舞师排在最前行。

硕人俣俣（yǔ），公庭万舞。有力如虎，执辔如组。

【译文】

身材高大又魁梧，公堂之上当众舞。力大无穷如猛虎，挥动辔绳好功夫。

左手执籥（yuè），右手秉翟。赫如渥赭，公言锡爵。

【译文】

左手拿着六孔笛，右手挥动野鸡尾。脸色红润如红土，卫君发话赐他酒。

山有榛，隰有苓。云谁之思？西方美人。彼美人兮，西方之人兮。

【译文】

榛树长在高山上，低湿地方茯苓长。我心把谁思又想？是那健美西方郎。美男子啊美男子，你是西方周邑人。

泉　水

毖彼泉水，亦流于淇。有怀于卫，靡日不思。娈彼诸姬，聊与之谋。

【译文】

泉水汩汩向前流，汇入滔滔淇水里。想念卫国我故乡，没有一天不想思。同来姊妹皆美貌，且和她们细商议。

出宿于泲（jǐ），饮饯于祢（nǐ）。女子有行，远父母兄弟。问我诸姑，遂及伯姊。

【译文】

途中曾在泲水住，祢地曾喝饯行酒。姑娘出嫁到远方，父母兄弟难聚首。临行问候姑姑们，还有大姊别忘记。

出宿于干，饮饯于言。载脂载辖，还车言迈。遄臻于卫，不瑕有害？

【译文】

回国曾在干地宿，言地饯行饮美酒。涂好轴油上好轴，掉车回家不回首。车马迅疾赴卫都，有啥坏处不能走？

我思肥泉，兹之永叹。思须于漕，我心悠悠。驾言出游，以写我忧。

【译文】

心儿飞到肥泉头，声声长叹不能休。思念须城与漕邑，别离愁绪思悠悠。驾上马车出外游，借此宣泄心中忧。

北　门

出自北门，忧心殷殷。终窭（jù）且贫，莫知我艰。已焉哉！天实为之，谓之何哉。

【译文】

一路走出城北门，忧愁重重压在心。既无排场又贫困，无人知晓我艰辛。算了吧！老天有意为难我，还有什么可以说。

王事适我，政事一埤（pí）益我。我入自外，室人交遍谪我。已焉哉！天实为之，谓之何哉。

【译文】

王室差事派我做，官府杂事全给我。公事做完回到家，这个责备那个说。算了吧！老天有意为难我，还有什么可以说。

王事敦我，政事一埤遗我。我入自外，室人交遍摧我。已焉哉！天实为之，谓之何哉。

【译文】

王室差事逼我做，官府杂事全给我。公事做完回到家，家人个个来数落。算了吧！老天有意为难我，还有什么可以说。

北　风

北风其凉，雨雪其雱（pāng）。惠而好我，携手同行。其虚其邪，既亟只且！

【译文】

北风吹来冰冰凉，漫天大雪纷纷扬。和善爱我的好朋友，我们携手走他乡。岂能犹豫还彷徨，形势紧迫国将亡！

北风其喈（jiē），雨雪其霏。惠而好我，携手同归。其虚其邪，既亟只且!

【译文】

北风吹来冰冰凉，雪花纷纷漫天扬。和善爱我的好朋友，我们携手走他乡。岂能犹豫还彷徨，形势紧迫国将亡!

莫赤匪狐，莫黑匪乌。惠而好我，携手同车。其虚其邪，既亟只且。

【译文】

天下红狐尽狡猾，天下乌鸦一般黑。和善爱我的好朋友，一块乘车走他乡。岂能犹豫还彷徨，形势紧迫国将亡!

静　女

静女其姝，俟我于城隅。爱而不见，搔首踟蹰。

【译文】

姑娘温柔又漂亮，约我城上角楼里。故意藏身不露面，我来回找她抓头皮。

静女其娈，贻我彤管。彤管有炜，说（yuè）怿女美。

【译文】

姑娘温柔又好看，赠我信物红色管。管身透红光闪闪，我爱红管颜色鲜。

自牧归荑，洵美且异。匪女之为美，美人之贻。

【译文】

郊外采茅送给我，十分美丽又奇妙。不是白茅有多美，美人送的当成宝。

新　台

新台有泚，河水弥弥。燕婉之求，籧篨（qú chú）不鲜。

【译文】

新台色彩亮光光，黄河水涨白茫茫。心想嫁个如意郎，碰上丑汉蛤蟆样。

新台有洒，河水浼浼（měi）。燕婉之求，籧篨不殄。

【译文】

新台高耸真辉煌，河水滔滔白茫茫。本想嫁个如意郎，碰上蛤蟆没好相。

鱼网之设，鸿则离之。燕婉之求，得此戚施。

【译文】

想捕大鱼把网张，不想蛤蟆落进网。本想嫁个如意郎，碰上蛤蟆不像样。

二子乘舟

二子乘舟，泛泛其景。愿言思子，中心养养。

【译文】

两个孩子坐上船，飘飘荡荡去远方。时常挂念远游子，心中不安好忧伤。

二子乘舟，泛泛其逝。愿言思子，不瑕有害。

【译文】

两个孩子坐上船，飘飘荡荡去远方。时常挂念远游子，远行是否遭祸殃？

鄘风

柏　舟

泛彼柏舟，在彼中河。髧（dàn）彼两髦，实维我仪。之死矢靡它。母也天只，不谅人只！

【译文】

柏木小船飘荡荡，一飘飘到水中央。头发下垂少年郎，是我心中好对象。发誓到死不另求。我的天呀我的娘，为何对我不体谅！

泛彼柏舟，在彼河侧。髧彼两髦，实维我特。之死矢靡慝。母也天只，不谅人只！

【译文】

飘飘荡荡柏木船，一飘飘到河岸边。头发下垂那少年，是我心中好侣伴。发誓到死心不变。我的娘呀我的天，为何不知我心愿！

墙有茨

墙有茨（cí），不可埽也。中冓之言，不可道也。所可道也，言之丑也。

【译文】

墙上蒺藜生，不能扫干净。宫中淫乱事，不能道人听。要是道来听，说出真丑人。

墙有茨，不可襄也。中之言，不可详也。所可详也，言之长也。

【译文】

墙上蒺藜生，不能扫干净。宫中淫乱事，无法仔细讲。要是仔细讲，说来话太长。

墙有茨，不可束也。中冓之言，不可读也。所可读也，言之辱也。

【译文】

墙上蒺藜生，除也除不净。宫中淫乱事，不能来宣扬。要是来宣扬，人羞脸丢光。

君子偕老

君子偕老，副笄六珈（jiā）。委委佗佗，如山如河，象服是宜。子之不淑，云如之何？

【译文】

贵族老婆好显赫，玉簪步摇宝气生。举止从容又自得，如山如河不可侵，华丽衣服正合身。可是没有好行径，对她还有啥好说？

玼（cǐ）兮玼兮，其之翟也。鬒（zhěn）发如云，不屑髢（dì）也。玉之瑱（tiàn）也，象之揥（tì）也，扬且之皙也。胡然而天也？胡然而帝也？

【译文】

锦衣彩纹真鲜艳，绣上野鸡耀人眼。黑发光亮如乌云，不戴假发更自然。双耳玉瑱垂两边，象牙簪子插发间，俏俊白皙好脸蛋。莫非尘世来天仙，莫非神女降人间。

瑳兮瑳兮，其之展也。蒙彼绉絺，是绁（xiè）袢（fán）也。子之清扬，扬且之颜也。展如之人兮，邦之媛也！

【译文】

那美丽鲜艳的光彩，是红纱礼衣光闪闪。外穿一件细葛衫，贴身内衣穿里边。双眸清秀眉飞扬，容颜美丽娇艳艳。这样的美人实难寻，倾国倾城美天仙。

桑　中

爰采唐矣？沬之乡矣。云谁之思？美孟姜矣。期我乎桑中，要我乎上宫，送我乎淇之上矣。

【译文】

菟丝子啊哪里采？长在邑城郊外。我的心中把谁想？美丽的孟姜让人爱。约我同到桑林中，邀我相会在上宫，淇水口上远相送。

爰采麦矣？沬之北矣。云谁之思？美孟弋矣。期我乎桑中，要我乎上宫，送我乎淇之上矣。

【译文】

哪里去把麦苗采？到那邑北郊外。我的心中把谁想？美丽的孟弋让人爱。约我同到桑林中，邀我相会在上宫，淇水口上远相送。

爱采葑矣，沬之东矣。云谁之思，美孟庸矣。期我乎桑中，要我乎上宫，送我乎淇之上矣。

【译文】

哪里去把蔓菁采？到那邑东郊外。我的心中把谁想？美丽的孟庸让人爱。约我同到桑林中，邀我相会在上宫，淇水口上远相送。

鹑之奔奔

鹑之奔奔，鹊之彊彊。人之无良，我以为兄。

【译文】

鹌鹑尚且双双飞，喜鹊对对紧追随。人君不端无德行，我还视他为兄长。

鹊之彊彊，鹑之奔奔。人之无良，我以为君。

【译文】

喜鹊尚且双双飞，鹌鹑对对紧追随。此人不端无德行，我却视他为国君。

定之方中

定之方中，作于楚宫。揆之以日，作于楚室。树之榛栗，椅桐梓漆，爰伐琴瑟。

【译文】

定星已在正天中，建设楚丘筑新宫。测量方位凭日影，营造住宅兴土功。先种榛树和栗树，再种梓、漆、椅和桐，制作琴瑟好树种。

升彼虚矣，以望楚矣。望楚与堂，景山与京，降观于桑。卜云其吉，终然允臧。

【译文】

登上漕邑旧城墟，来把楚丘远眺望，远看楚丘和堂邑，还有高冈与山丘，下来观看桑树林。占卜征兆很吉祥，确实筑城好地方。

灵雨既零，命彼倌人。星言夙驾，说（shuì）于桑田。匪直也人，秉心塞渊，騋（lái）牝三千。

【译文】

好雨降落空气鲜，喊声管车小马倌。天晴趁早把车赶，歇息来到桑树间。勤劳正直卫文公，用心踏实谋深远，大马、母马有三千。

蝃 蝀

蝃（dì）蝀（dōng）在东，莫之敢指。女子有行，远父母兄弟。

【译文】

东方出现美彩虹，没人敢说怕遭凶。年轻女子要出嫁，远离父母和弟兄。

朝隮于西，崇朝（zhāo）其雨。女子有行，远兄弟父母。

【译文】

早晨西方出彩虹，大清早来雨濛濛。年轻女子要出嫁，远离父母和弟兄。

乃如之人也，怀昏姻也。大无信也，不知命也。

【译文】

就是这样一种人，破坏礼教重结婚。什么诚信全不讲，父母之命也不听。

相 鼠

相鼠有皮，人而无仪。人而无仪，不死何为？

【译文】

看那老鼠还有皮，做人怎不讲礼仪。要是做人没礼仪，为何不早点死去？

相鼠有齿，人而无止。人而无止，不死何俟？

【译文】

看那老鼠还有齿，做人怎不讲节制。要是做人没节制，还等什么不去死？

相鼠有体，人而无礼。人而无礼，胡不遄死？

【译文】

看那老鼠有肢体，做人怎不讲礼仪。要是做人不讲礼，那就快死何迟疑？

干 旄

孑孑干旄，在浚之郊。素丝纰（pí）之，良马四之。彼姝者子，何以畀之？

【译文】

招贤旄旗高高飘，插在车后到浚郊。车子四周挂丝帷，好马四匹礼不少。那个贤能的人啊，用啥才能去应招？

孑孑干旟（yú），在浚之都。素丝组之，良马五之。彼姝者子，何以予之？

【译文】

招贤鹰旗高高飘，驾车浚都近郊跑。车子四周罩丝帷，好马五匹礼不少。那个贤能的人啊，用啥办法才应招？

孑孑干旌，在浚之城。素丝祝之，良马六之。彼姝者子，何以告之？

【译文】

招贤旌旗高高飘，车马向着浚城跑。车上四周系丝帷，好马六匹礼不少，那个贤能的人啊，用啥建议去应招？

载　驰

载驰载驱，归唁卫侯。驱马悠悠，言至于漕。大夫跋涉，我心则忧。

【译文】

车马疾驰快奔走，回国慰问我卫侯。马行归途路悠悠，来到卫国漕城头。大夫跋涉劝阻我，我心怎能不忧愁。

既不我嘉，不能旋反。视尔不臧，我思不远。

【译文】

没人赞成我赴卫，我也不能就回去。你们想法都不好，不是我考虑不深远。

既不我嘉，不能旋济。视尔不臧，我思不閟（bì）。

【译文】

纵然你们不同意，我也不能就停止。你们想法都不好，不是我考虑不慎重。

陟彼阿丘，言采其虻。女子善怀，亦各有行。许人尤之，众稚且狂。

【译文】

登上那边高山冈，采些贝母治忧伤。女子虽然多思乡，自有道理和主张。许国大夫责怪我，真是幼稚又狂妄。

我行其野，芃芃其麦。控于大邦，谁因谁极。

【译文】

我行卫国田野上，麦苗茂盛青又壮。赶快告求赴大国，依靠大国来救亡。

大夫君子，无我有尤。百尔所思，不如我所之。

【译文】

许国大夫君子们，不要责备我主张。你们纵有百条计，不如我跑这一趟。

卫风

淇　奥

瞻彼淇奥，绿竹猗猗。有匪君子，如切如磋，如琢如磨。瑟兮僩（xiàn）兮，赫兮咺兮。有匪君子，终不可谖兮。

【译文】

淇水长长河湾多，翠竹挺拔多婀娜。那有文采的君子，似象牙经过切磋，似玉石经过琢磨。你看他庄严威武，你看他光明磊落。那有文采的君子，常记住不会忘却。

瞻彼淇奥，绿竹青青。有匪君子，充耳琇莹，会弁如星。瑟兮僩兮，赫兮咺兮。有匪君子，终不可谖兮。

【译文】

淇水长长河湾广，绿竹青青多茁壮。那有文采的君子，玲珑宝石镶耳环，帽上美玉多明亮。你看他威武庄严，你看他磊落光明。那有文采的君子，永远不会把他遗忘。

瞻彼淇奥，绿竹如箦（zé）。有匪君子，如金如锡，如圭如璧。宽兮绰兮，猗重较兮。善戏谑兮，不为虐兮。

【译文】

淇水长长水流急，绿竹成棚层层密。那有文采的君子，论才学精如金锡，论德行洁如圭璧。你看他宽厚宏雅，你看他登车凭倚。爱说笑话话风趣，从不过分伤大雅。

考 槃

考槃在涧，硕人之宽。独寐寤言，永矢弗谖。

【译文】

敲盘作歌山溪旁，那人高大心宽畅。独睡独醒把话讲，这种乐趣永不忘。

考槃在阿，硕人之薖（kē）。独寐寤歌，永矢弗过。

【译文】

敲盘作歌在山坡，那人高大心中乐。独睡独醒独唱歌，发誓跟人不结伙。

考槃在陆，硕人之轴。独寐寤宿，永矢弗告。

【译文】

敲盘作歌在高原，身材高大心悠闲。独睡独醒独自躺，此中乐趣不能言。

硕 人

硕人其颀，衣锦褧（jiǒng）衣。齐侯之子，卫侯之妻。东宫之妹，邢侯之姨，谭公维私。

【译文】

美人高挑又俏丽，麻纱罩衫披锦衣。她是齐侯娇闺女，今为卫侯美艳妻。齐国太子亲妹妹，邢侯称她为小姨，谭公就是她妹婿。

手如柔荑（tí），肤如凝脂。领如蝤蛴，齿如瓠犀。螓首蛾眉，巧笑倩兮，美目盼兮。

【译文】

手指纤纤像嫩荑，皮肤白润像冻脂。粉白脖子像蝤蛴，牙比瓠子还整齐。额角方正眉毛细，浅笑盈盈酒窝美，两眼顾盼似秋波。

硕人敖敖，说于农郊。四牡有骄，朱幩（fén）镳（biāo）镳，翟茀（fú）以朝。大夫夙退，无使君劳。

【译文】

美人身材长得高，停车休息在城郊。四匹雄马多肥膘，马嚼红绸迎风飘。山鸡羽车来上朝，诸位大臣早告退，别让卫君太操劳。

河水洋洋，北流活（guō）活。施罛（gū）濊濊（huò），鳣鲔发发（bō），葭菼揭揭。庶姜孽孽，庶士有朅（qiè）。

【译文】

黄河之水浩荡荡，滔滔奔腾向北方。撒开渔网沙沙响，黄鱼鳝鱼跳进网。密密芦苇高又长，陪嫁姜女尽盛妆。

氓

氓之蚩蚩，抱布贸丝。匪来贸丝，来即我谋。送子涉淇，至于顿丘。匪我愆期，子无良媒。将子无怒，秋以为期。

【译文】

那人相貌很老实，抱着布匹来换丝。不是真的来换丝，找我商量婚姻事。我曾送你渡淇水，送到顿丘才告辞。并非我要延婚期，你无媒人来联系。请你不要生我气，约定秋天为婚期。

乘彼垝垣，以望复关。不见复关，泣涕涟涟。既见复关，载笑载言。尔卜尔筮，体无咎言。以尔车来，以我贿迁。

【译文】

登上残破的墙垣，遥望复关把你盼。复关人儿望不见，焦急伤心泪满面。既见郎从复关来，高兴笑着叙寒暄。你既占课又卜卦，卦象吉利无凶险。把你大车赶过来，我带嫁妆随你迁。

桑之未落，其叶沃若。于嗟鸠兮，无食桑葚。于嗟女兮，无与士耽。士之耽兮，犹可说也。女之耽兮，不可说也。

【译文】

桑叶未落很茂盛，碧绿润泽又鲜嫩。哎呀斑鸠小鸟儿，别嘴馋吃红桑葚！姑娘们啊姑娘们，莫对男人太痴情。男子痴情不太久，轻轻松松可抽身。女子沉溺爱情里，解脱不开难脱身。

桑之落矣，其黄而陨。自我徂尔，三岁食贫。淇水汤汤，渐车帷裳。女也不爽，士贰其行。士也罔极，二三其德。

【译文】

桑叶落地乱纷纷，颜色枯黄任飘零。自我嫁入你家门，多年吃苦受寒贫。淇水滔滔送我回，溅湿车幔冷冰冰。我做妻子无过错，你心不专太无情。三心二意没定准，前后不一坏德行。

三岁为妇，靡室劳矣。夙兴夜寐，靡有朝矣。言既遂矣，至于暴矣。兄弟不知，咥（xì）其笑矣。静言思之，躬自悼矣。

【译文】

结婚三年守妇道，家中活儿一肩挑。起早睡晚勤操劳，长年辛苦非一朝。你心满意足遂了愿，面目渐改变粗暴。兄弟不知我处境，见我回家来嘲笑。静下心来仔细想，心中独自暗伤悼。

及尔偕老，老使我怨。淇则有岸，隰则有泮。总角之宴，言笑晏晏。信誓旦旦，不思其反。反是不思，亦已焉哉！

【译文】

当年发誓同到老，想起誓言心中怨。淇水虽宽尚有岸，漯河再阔也有边。回顾年少共游玩，说笑温雅密无间。发誓时心诚志坚，到如今你把心变。过去事情不留恋，一刀两断不再谈。

竹　竿

籊（tì）籊竹竿，以钓于淇。岂不尔思？远莫致之。

【译文】

竹竿细细长又长，拿它垂钓淇水上。难道亲人我不想？路途遥远难还乡。

泉源在左，淇水在右。女子有行，远兄弟父母。

【译文】

我家左边泉源淌，淇水滚滚奔右方。女子出嫁别故乡，远离家人心忧伤。

淇水在右，泉源在左。巧笑之瑳，佩玉之傩。

【译文】

我家右边淇水流，左边是那泉源头。嫣然一笑玉齿露，身着佩玉风姿柔。

淇水滺（yōu）滺，桧楫松舟。驾言出游，以写我忧。

【译文】

淇水浩荡滚滚流，桧木作桨松作舟。驾着小船水中游，泻我心中思乡愁。

芄　兰

芄（wán）兰之支，童子佩觿（xī）。虽则佩觿，能不我知。容兮遂兮，垂带悸兮。

【译文】

芄兰结荚尖又尖，儿童角锥佩身边。虽说角锥佩在身，可他不愿将我恋。大摇大摆多悠闲，长垂衣带飘飘然。

芄兰之叶，童子佩韘（shè）。虽则佩韘，能不我甲。容兮遂兮，垂带悸兮。

【译文】

芄兰叶子似半圆，儿童手带扳指圈。虽然手带扳指圈，不再亲近和我玩。大摇大摆多悠闲，长垂衣带飘飘然。

河　广

谁谓河广？一苇杭之。谁谓宋远？跂予望之。

【译文】

谁说黄河广又宽？一根芦苇渡对岸。谁说宋国遥又远？踮起脚跟能望见。

谁谓河广？曾不容刀。谁谓宋远？曾不崇朝。

【译文】

谁说黄河广又宽？一条小船容纳难。谁说宋国遥又远？不用一早到对岸。

伯　兮

伯兮朅（qiè）兮，邦之桀兮。伯也执殳（shū），为王前驱。

【译文】

夫君英武又威风，保卫国家是英雄。他执一丈二尺殳，保护国君走在前。

自伯之东，首如飞蓬。岂无膏沐？谁适为容。

【译文】

自从夫君去征东，头发零乱如飞蓬。岂无发膏与头油？讨谁欢心整仪容。

其雨其雨，杲（gǎo）杲出日。愿言思伯，甘心首疾。

【译文】

好比久旱把雨盼，偏偏老是大晴天。心中念夫不能忘，想得头痛也心甘。

焉得谖草？言树之背。愿言思伯，使我心痗（mèi）。

【译文】

哪儿去找忘忧草，移来栽在后院中。念念不忘把哥想，相思使心好忧伤。

有　狐

有狐绥绥，在彼淇梁。心之忧矣，之子无裳。

【译文】

一只狐狸缓缓行，走在淇水石桥上。心中忧虑无法解，丈夫在外没衣裳。

有狐绥绥，在彼淇厉。心之忧矣，之子无带。

【译文】

一只狐狸缓缓走，走在淇水浅滩头。心中忧虑无法解，他连衣带也没有。

有狐绥绥，在彼淇侧。心之忧矣，之子无服。

【译文】

一只狐狸缓缓行，走过淇水河岸边。心中忧虑无法解，丈夫在外没衣衫。

木　瓜

投我以木瓜，报之以琼琚。匪报也，永以为好也。

【译文】

送我一只大木瓜，我拿佩玉报答她。不是仅仅为报答，表示永远喜爱她。

投我以木桃，报之以琼瑶。匪报也，永以为好也。

【译文】

送我一只大木桃，我拿美玉来回报。不是仅仅来回报，表示永远两相好。

投我以木李，报之以琼玖。匪报也，永以为好也。

【译文】

送我一只大木李，我拿玉石作回礼。不是仅仅为还礼，表示永远好到底。

王风

黍　离

彼黍离离，彼稷之苗。行迈靡靡，中心摇摇。知我者，谓我心忧。不知我者，谓我何求。悠悠苍天，此何人哉！

【译文】

黍子茂盛满田畴，高粱抽苗绿油油。前行步子好迟缓，无尽愁思满心头。知我之人说我忧，局外人问我有何求。悠悠苍天你在上，是谁害我离家走！

彼黍离离，彼稷之穗。行迈靡靡，中心如醉。知我者，谓我心忧。不知我者，谓我何求。悠悠苍天，此何人哉！

【译文】

黍子茂盛满田畴，高粱穗儿垂下头。前行步子好迟缓，心中难受像醉酒。知我之人说我忧，局外人问我有何求。悠悠苍天你在上，是谁害我离家走！

彼黍离离，彼稷之实。行迈靡靡，中心如噎。知我者，谓我心忧。不知我者，谓我何求。悠悠苍天，此何人哉！

【译文】

黍子茂盛满田畴，高粱结实不胜收。前行步子好迟缓，心中噎住真难受。知我之人说我忧，局外人问我有何求。悠悠苍天你在上，是谁害我离家走！

君子于役

君子于役，不知其期。曷至哉？鸡栖于埘（shí），日之夕矣，羊牛下来。君子于役，如之何勿思！

【译文】

丈夫当兵去远方，没有归期心忧伤。不知何时回家乡？鸡儿纷纷回窝来，西天暮霭遮夕阳，牛羊成群下山冈。丈夫当兵去远方，叫我怎不把他想？

君子于役，不日不月。曷其有佸（huó）？鸡栖于桀，日之夕矣，羊牛下括。君子于役，苟无饥渴！

【译文】

丈夫当兵去远方，没日没夜别离长。几时团圆聚一堂？鸡儿栖在木桩上，西天暮霭遮夕阳，牛羊成群下山冈。丈夫当兵去远方，是否经常饿肚肠？

君子阳阳

君子阳阳，左执簧，右招我由房。其乐只且！

【译文】

夫君得意喜洋洋，左手拿着大笙簧，右手招我房中唱。心情该是多欢畅！

君子陶陶，左执翿（dào），右招我由敖。其乐只且！

【译文】

夫君得意心陶陶，左手拿着鸟羽摇，他从舞位邀我跳。心中欢乐兴致高！

扬之水

扬之水，不流束薪。彼其之子，不与我戍申。怀哉怀哉，曷月予还归哉？

【译文】

大河流水荡悠悠，成捆柴草漂不走。可怜家中心上人，未跟我来申地防守。日思夜想情绵绵，何日回家相聚首？

扬之水，不流束楚。彼其之子，不与我戍甫。怀哉怀哉，曷月予还归哉？

【译文】

大河流水呜溅溅，难载牡荆我心怨。可怜家中心上人，未和我到甫地来当兵。日思夜想情绵绵，何时才能再相见？

扬之水，不流束蒲。彼其之子，不与我戍许。怀哉怀哉，曷月予还归哉？

【译文】

河水缓缓流向东，一束蒲柳漂不动。可怜家中心上人，不能来许意难通。日思夜想情绵绵，何时我能回家中？

中谷有蓷

中谷有蓷（tuī），暵（hàn）其干矣。有女仳（pǐ）离，慨其叹矣。慨其叹矣，遇人之艰难矣！

【译文】

山谷长着益母草，如今枝叶全枯焦。有位女子遭抛弃，长吁短叹心苦恼。长吁短叹心苦恼，嫁人嫁得太糟糕！

中谷有蓷，暵其修矣。有女仳离，条其啸矣。条其啸矣，遇人之不淑矣！

【译文】

益母草长山谷间，如今枝叶全晒干。有位女子遭抛弃，长吁短叹心里酸。长吁短叹心里酸，不幸碰上负心汉！

中谷有蓷，暵其湿矣。有女仳离，啜其泣矣。啜其泣矣，何嗟及矣！

【译文】

山谷长着益母草，如今枝叶全枯槁。有位女子遭抛弃，自哭自叹常抽泣。自哭自叹常抽泣，后悔怎么来得及！

兔爰

有兔爰爰，雉离于罗。我生之初，尚无为。我生之后，逢此百罹。尚寐无吪。

【译文】

狡兔自由任逍遥，野鸡遭难进罗网。当我初生那时候，未碰战乱受折磨。偏偏在我出生后，倒霉事儿样样多。但愿长睡不去说。

有兔爰爰，雉离于罦（fú）。我生之初，尚无造。我生之后，逢此百忧。尚寐无觉。

【译文】

狡兔自由又自在，野鸡落难入网来。当我初生那时节，没有祸乱没有灾。偏偏在我出生后，各种烦恼纷纷来。但愿长睡眼不开。

有兔爰爰，雉离于罿（tóng）。我生之初，尚无庸。我生之后，逢此百凶。尚寐无聪。

【译文】

狡兔自由又自在，野鸡落难入网来。当我出生那时节，没有劳役没有灾。偏偏在我出生后，百样坏事件件来。但愿长睡两耳塞。

葛藟

绵绵葛藟，在河之浒。终远兄弟，谓他人父。谓他人父，亦莫我顾。

【译文】

绵绵不断葛藟藤，蓬蓬勃勃河边生。远离我的兄弟们，称呼他人为父亲。虽然把人称父亲，他却不理我一声。

绵绵葛藟，在河之涘。终远兄弟，谓他人母。谓他人母，亦莫我有。

【译文】

绵绵不断葛藟藤，蓬勃长在河岸旁。离别兄弟到远方，称呼人家为亲娘。虽然称她为亲娘，没人亲近心悲伤。

绵绵葛藟，在河之漘（chún）。终远兄弟，谓他人昆。谓他人昆，亦莫我闻。

【译文】

绵绵不断葛藟藤，长在河水岸边上。离别兄弟到远方，喊人阿哥求帮忙。阿哥喊得连声响，没人救助独彷徨。

采 葛

彼采葛兮，一日不见，如三月兮！

【译文】

采葛好姑娘，一日没见面，好似三月长！

彼采萧兮，一日不见，如三秋兮！

【译文】

姑娘去采蒿，一天没见着，如隔三秋心头熬！

彼采艾兮，一日不见，如三岁兮！

【译文】

姑娘采艾去田间，一天没见面，好像隔了整三年！

大 车

大车槛槛，毳衣如菼（tǎn）。岂不尔思？畏子不敢。

【译文】

大车上路轰轰过，绣衣青青如荻苗。难道是我不想你？只是怕你不理我。

大车哼（tūn）哼，毳衣如璊（mén）。岂不尔思？畏子不奔。

【译文】

大车驶过慢吞吞，毛衣如玉红殷殷。难道是我不想你？怕你不要我难私奔。

穀则异室，死则同穴。谓予不信，有如皦（jiǎo）日。

【译文】

活着各住各的房，死了也要一起葬。如果说我不诚信，天上见证是太阳。

丘中有麻

丘中有麻，彼留子嗟。彼留子嗟，将其来施施。

【译文】

山坡上面种着麻，刘嗟生长在刘家。刘嗟生长在刘家，请你帮忙来我家。

丘中有麦，彼留子国。彼留子国，将其来食。

【译文】

山坡上面种着麦，那位子国是他爸。那位子国是他爸，请他吃饭来我家。

丘中有李，彼留之子。彼留之子，贻我佩玖。

【译文】

山坡上面种李子，那是刘家小伙子。那是刘家小伙子，赠我一块黑色美佩玉。

郑风

缁　衣

缁衣之宜兮，敝，予又改为兮。适子之馆兮，还，予授子之粲兮。

【译文】

黑色官服正合身，破了，我再给你做衣裳。你到官署把事办，回家，我让你吃顿好饭。

缁衣之好兮，敝，予又改造兮。适子之馆兮，还，予授子之粲兮。

【译文】

黑色官服真好看，破了，我再给你做一件。你到官署去上班，回家，我让你吃顿好饭。

缁衣之席兮，敝，予又改作兮。适子之馆兮，还，予授子之粲兮。

【译文】

黑色官服好宽畅，破了，我再给你做新装。你到官署把班上，回家，我做好饭让你尝。

将仲子

将仲子兮，无逾我里，无折我树杞。岂敢爱之？畏我父母。仲可怀也，父母之言，亦可畏也。

【译文】

仲子仲子听我讲，不要翻进我院墙，别把我家杞树来碰伤。难道可惜这些树？是怕我的爹和娘。仲子仲子我记挂，只是爹娘要责骂，想到心里就害怕。

将仲子兮，无逾我墙，无折我树桑。岂敢爱之？畏我诸兄。仲可怀也，诸兄之言，亦可畏也。

【译文】

仲子仲子求求你，不要往我院墙跨，不要折我桑树桠。难道爱惜桑树桠？几位哥哥让我怕，我心把你常记挂，兄长之话让我怕。

将仲子兮，无逾我园，无折我树檀。岂敢爱之？畏人之多言。仲可怀也，人之多言，亦可畏也。

【译文】

仲子仲子听我劝，不要翻进我家园，不要折断我紫檀。难道可惜这紫檀？只怕人们说闲言。仲子我常把你想，害怕别人说闲言，想到闲话我害怕。

叔于田

叔于田，巷无居人。岂无居人？不如叔也，洵美且仁。

【译文】

三哥打猎出了门，巷子空空不见人。巷里哪能没有人？能比三哥有几人，三哥漂亮又温存。

叔于狩，巷无饮酒。岂无饮酒？不如叔也，洵美且好。

【译文】

三哥出门去猎狩，巷子没人会喝酒。哪里没人会喝酒？谁都不能比三哥，三哥漂亮有风度。

叔适野，巷无服马。岂无服马？不如叔也，洵美且武。

【译文】

三哥打猎到田野，巷里不见人骑马。难道没人会骑马？而是技术不如他，三哥威武人人夸。

大叔于田

叔于田，乘乘马。执辔如组，两骖如舞。叔在薮，火烈具举。襢（tǎn）裼（xī）暴虎，献于公所。将叔无狃，戒其伤女。

【译文】

阿哥郊外去打猎，四匹骏马驾着车。手握缰绳如丝带，两匹骖马奔得快。阿哥打猎在林薮，猎火举起截兽路。赤膊空拳打老虎，猎物献到郑公府。请勿习惯常打猎，提防老虎伤筋骨。

叔于田，乘乘黄。两服上襄，两骖雁行。叔在薮，火烈具扬。叔善射忌，又良御忌。抑磬控忌，抑纵送忌。

【译文】

阿哥山林去打猎，驾着红黄马拉车。两匹马儿驾前辕，两匹马儿如飞雁。阿哥打猎在沼泽，熊熊火把起烈焰。阿哥善于发弓箭，又会驾马四周旋。阿哥驰骋制烈马，忽然纵马任翱翔。

叔于田，乘乘鸨。两服齐首，两骖如手。叔在薮，火烈具阜。叔马慢忌，叔发罕忌。抑释掤忌，抑鬯弓忌。

【译文】

阿哥打猎郊外走，四匹花马跑不休。中间两马头并头，旁边两马像双手。阿哥打猎沼泽上，团团篝火火焰旺。阿哥马儿慢慢走，箭儿少发无禽兽。最后放下箭筒盖，弓箭放进袋里头。

清　人

清人在彭，驷介旁旁。二矛重英，河上乎翱翔。

【译文】

清人在彭守边防，四马披甲真强壮。车插两根红缨枪，兵车游荡河边上。

清人在消，驷介麃（biāo）麃。二矛重乔，河上乎逍遥。

【译文】

清人在消守边戍，四马披甲真英武。两矛装饰野鸡毛，河边闲逛任逍遥。

清人在轴，驷介陶陶。左旋右抽，中军作好。

【译文】

清人在轴驻边守，驷马披甲任奔走。身子左转右抽刀，将军练武姿态好。

羔 裘

羔裘如濡，洵直且侯。彼其之子，舍命不渝。

【译文】

羔皮润泽作长袍，确实舒直又美好。他是这样一个人，肯舍生命保节操。

羔裘豹饰，孔武有力。彼其之子，邦之司直。

【译文】

羔裘袖口饰豹皮，多么勇武有神力。他是这样一个人，效力国事有正气。

羔裘晏兮，三英粲兮。彼其之子，邦之彦兮。

【译文】

羔羊皮袄光又鲜，三道豹皮色耀眼。他是这样一个人，不愧国家好俊杰！

遵大路

遵大路兮，掺执子之祛兮。无我恶兮，不寁（zǎn）故也。

【译文】

沿着大路向前走，紧紧拉住你衣袖。求你不要讨厌我，不能很快将我丢。

遵大路兮，掺执子之手兮。无我魗（chǒu）兮，不寁好也。

【译文】

沿着大路向前走，紧紧抓住你的手。求你不要嫌弃我，不能很快将我丢。

女曰鸡鸣

女曰鸡鸣，士曰昧旦。子兴视夜，明星有烂。将翱将翔，弋凫与雁。

【译文】

女说：“雄鸡叫得欢。”男说：“黎明天快亮。”女说：“你快起来看夜空，启明星在光闪闪。”男说：“我要出去走一转，去射野鸭和飞雁。”

弋言加之，与子宜之。宜言饮酒，与子偕老。琴瑟在御，莫不静好。

【译文】

女说：“你若射中鸭与雁，我做美味好佳肴。同食美味共饮酒，与君白头同到老。弹起琴来鼓起瑟，恩爱宁静两相好。”

知子之来之，杂佩以赠之。知子之顺之，杂佩以问之。知子之好之，杂佩以报之。

【译文】

男说：“知你对我很关怀，送你玉佩表我爱。知你对我体贴深，送你玉佩表慰问。知你一心对我好，送你玉佩相回报。”

有女同车

有女同车，颜如舜华。将翱将翔，佩玉琼琚。彼美孟姜，洵美且都。

【译文】

姑娘和我同车坐，脸儿好像木槿花。步履轻捷同遨游，美玉佩环身上挂。姜家美丽大姑娘，确实漂亮又文雅。

有女同行，颜如舜英。将翱将翔，佩玉将将。彼美孟姜，德音不忘。

【译文】

姑娘和我同路来，脸像木槿花儿开。一阵下坡一阵上，身上佩玉响叮当。姜家美丽大姑娘，美好品德人难忘。

山有扶苏

山有扶苏，隰（xí）有荷华。不见子都，乃见狂且。

【译文】

山上大树多枝丫，低洼地里开荷花。不见子都美男子，遇见你个大傻瓜。

山有乔松，隰有游龙。不见子充，乃见狡童。

【译文】

松树高高满山头，游龙花开遮湿沟。不见子充美男子，碰上你个顽皮猴。

萚　兮

萚（tuò）兮萚兮，风其吹女。叔兮伯兮，倡予和女。

【译文】

枯叶落地叶叶黄，风儿吹你沙沙响。我的哥哥好情郎，你来领歌我和唱。

萚兮萚兮，风其漂女。叔兮伯兮，倡予要女。

【译文】

枯叶纷纷往下掉，风儿吹你到处飘。我的哥哥好情郎，你唱我和约明朝。

狡　童

彼狡童兮，不与我言兮。维子之故，使我不能餐兮。

【译文】

那个薄情美少年，对我不理又不言。就是因为你缘故，使我吃饭难下咽。

彼狡童兮，不与我食兮。维子之故，使我不能息兮。

【译文】

那个薄情美少年，不肯与我同进餐。就是因为你缘故，害我觉都睡不安。

褰 裳

子惠思我，褰裳涉溱。子不我思，岂无他人？狂童之狂也且！

【译文】

你若爱我想着我，撩起衣裳过溱河。你若真的不想我，难道再没多情哥？你狂妄样子傻呵呵！

子惠思我，褰裳涉洧。子不我思，岂无他士？狂童之狂也且！

【译文】

你若爱我想着我，提起衣裳过洧河。你若真的不想我，难道再没年少哥？你狂妄样子傻呵呵！

丰

子之丰兮，俟我乎巷兮。悔予不送兮。

【译文】

你的容貌真丰润，小路等我表真心。后悔没嫁你这人。

子之昌兮，俟我乎堂兮。悔予不将兮。

【译文】

你的身体真魁伟，向我求亲在堂内。后悔没有嫁给你。

衣锦褧衣，裳锦褧裳。叔兮伯兮，驾予与行。

【译文】

锦缎衣裳身上穿，外披绸纱白罩衫。情哥哥呀情哥哥，驾车接我把路赶。

裳锦褧裳，衣锦褧衣。叔兮伯兮，驾予与归。

【译文】

身披罩衫白绸纱，锦缎衣裳璨如霞。情哥哥呀情哥哥，驾车接我到你家。

东门之墠

东门之墠（shàn），藘（lǘ）茹在阪。其室则迩，其人甚远。

【译文】

东门之外有土坪，山坡茜草绿茵茵。可叹那家虽很近，那人却远难相亲。

东门之栗，有践家室。岂不尔思？子不我即。

【译文】

东门之外栗树生，房屋排列齐整整。怎么不在想念你？你不主动难亲近。

风雨

风雨凄凄，鸡鸣喈喈。既见君子，云胡不夷？

【译文】

寒风刮，冷雨浇，鸡儿喔喔叫。已经见情哥，兴致怎不高？

风雨潇潇，鸡鸣胶胶。既见君子，云胡不瘳？

【译文】

风又猛，雨又急，鸡儿喔喔啼。忽然见情哥，疾病怎不愈？

风雨如晦，鸡鸣不已。既见君子，云胡不喜？

【译文】

风雨交加天地暗，雄鸡喔喔叫不停。情郎已经回到家，哪里还会不高兴？

子　衿

青青子衿，悠悠我心。纵我不往，子宁不嗣音？

【译文】

你的衣领色青青，时时萦绕在我心。纵然我没去找你，怎么不给我音讯？

青青子佩，悠悠我思。纵我不往，子宁不来？

【译文】

你的佩玉色青青，我的思念永不停。即使我没去找你，怎么不来扫我兴？

挑兮达兮，在城阙兮。一日不见，如三月兮。

【译文】

走来走去多少趟，久久等在城楼上。一天没见你的面，好像隔了三月长。

扬之水

扬之水，不流束楚。终鲜兄弟，维予与女。无信人之言，人实迂（guàng）女。

【译文】

河中之水缓缓流，漂不走成捆的牡荆。举目四望无亲人，只有你我结同心。不要轻信别人言，人家骗你你别信。

扬之水，不流束薪。终鲜兄弟，维予二人。无信人之言，人实不信。

【译文】

河中之水缓缓流，不能漂动成捆的柴。我家兄弟本很少，两人相互最关怀。不要轻信别人言，人家挑拨你别睬。

出其东门

出其东门，有女如云。虽则如云，匪我思存。缟（gǎo）衣綦（qí）巾，聊乐我员（yún）。

【译文】

出了东城门，美女多如云。虽则多如云，却非相思人。白衣佩绿巾，才是心上人。

出其闉（yīn）阇（dū），有女如荼。虽则如荼，匪我思且。缟衣茹藘，聊可与娱。

【译文】

出了城门去玩耍，漂亮姑娘多如白茅花。虽然多如白茅花，我不想来不牵挂。姑娘白衣结红巾，使我喜悦只有她。

野有蔓草

野有蔓草，零露漙（tuán）兮。有美一人，清扬婉兮。邂逅相遇，适我愿兮。

【译文】

野山蔓草真茂盛，闪闪露珠亮晶晶。有位姑娘真美丽，水汪汪一双大眼睛。谁知这里巧相遇，样样都好合我心。

野有蔓草，零露瀼瀼。有美一人，婉如清扬。邂逅相遇，与子偕臧。

【译文】

野地蔓草绿成片，露水浓密不易干。有位姑娘真漂亮，眉清目秀媚千般。谁知这里巧相遇，情投意合心喜欢。

溱　洧

溱与洧，方涣涣兮。士与女，方秉蕑（jiān）兮。女曰："观乎？"士曰："既且。""且往观乎！洧之外，洵訏且乐。"维士与女，伊其相谑，赠之以勺药。

【译文】

溱水流，洧水淌，春水波荡漾。小伙子，大姑娘，手拿兰草驱不祥。姑娘说："瞧瞧热闹怎么样？"小伙子说："已经去一趟。""陪我再去又何妨！洧水河那边，宽广热闹大伙喜洋洋。”小伙与姑娘，相互调笑心花放，互送芍药表衷肠。

溱与洧，浏其清矣。士与女，殷其盈矣。女曰：“观乎？”士曰：“既且。”“且往观乎！洧之外，洵訏且乐。”维士与女，伊其相谑，赠之以勺药。

【译文】

溱水流，洧水淌，水流清清波荡漾。小伙子，大姑娘，人山人海闹嚷嚷。姑娘说：“瞧瞧热闹怎么样？”小伙说：“我已去一趟。”“陪我再去又何妨！洧水外，河岸边，确实好玩又宽敞。”小伙和姑娘，相互调笑心花放，互送芍药表衷肠。

齐风

鸡　鸣

鸡既鸣矣，朝既盈矣。匪鸡则鸣，苍蝇之声。

【译文】

“公鸡喔喔叫，上朝人已到。”“不是鸡叫声，苍蝇嗡嗡闹。”

东方明矣，朝既昌矣。匪东方则明，月出之光。

【译文】

“东方天已亮，朝中人满堂。”“不是东方亮，那是明月光。”

虫飞薨薨，甘与子同梦；会且归矣，无庶予子憎！

【译文】

“虫声嗡嗡催人睡，希望与你入梦乡。”“朝会人们早回家，别招人厌说短长。”

还

子之还兮，遭我乎狃（náo）之间兮。并驱从两肩兮，揖我谓我儇（xuān）兮。

【译文】

你真敏捷又矫健，与我相遇猛山间。并马追逐两野猪，拱手作揖夸我好灵便。

子之茂兮，遭我乎猺之道兮。并驱从两牡兮，揖我谓我好兮。

【译文】

你真英俊貌堂堂，与我相遇猺山间。并马追逐两雄兽，拱手作揖夸我好漂亮。

子之昌兮，遭我乎猺之阳兮。并驱从两狼兮，揖我谓我臧兮。

【译文】

你真雄伟又强壮，与我相遇猺山南。并马追逐两恶狼，拱手作揖夸我好能干。

著

俟我于著乎而，充耳以素乎而，尚之以琼华乎而。

【译文】

新娘等我屏风前，白丝线垂玉两耳边，琼华美玉饰身间。

俟我于庭乎而，充耳以青乎而，尚之以琼莹乎而。

【译文】

新娘等我院中央，耳旁垂玉丝线青，身佩琼莹宝石亮晶晶。

俟我于堂乎而，充耳以黄乎而，尚之以琼英乎而。

【译文】

新娘等我在厅堂，耳旁垂玉丝线黄，身佩琼瑛宝石增容光。

东方之日

东方之日兮。彼姝者子，在我室兮。在我室兮，履我即兮。

【译文】

东边太阳红又圆。美人容貌赛天仙，走进我房心喜欢。走进我房心喜欢，脚步轻轻靠我身边。

东方之月兮。彼姝者子，在我闼兮。在我闼兮，履我发兮。

【译文】

月亮升起在东方。有位漂亮好姑娘，来到门内进我房。来到门内进我房，走到跟前诉衷肠。

东方未明

东方未明，颠倒衣裳。颠之倒之，自公召之。

【译文】

东方黑暗天没亮，起来颠倒穿衣裳。为何颠倒穿衣裳，因为国君召唤忙。

东方未晞，颠倒裳衣。倒之颠之，自公令之。

【译文】

东方黑暗没破晓，起来把衣穿颠倒。为何把衣穿颠倒，国君召唤穿不好。

折柳樊圃，狂夫瞿瞿。不能辰夜，不夙则莫。

【译文】

折柳编篱围菜园，狂夫监工瞪着眼。咱们不分日和夜，出工时早有时晚。

南　山

南山崔崔，雄狐绥绥。鲁道有荡，齐子由归。既曰归止，曷又怀止？

【译文】

南山南山高又高，雄狐孤孤单单行。鲁国大道平坦坦，文姜由此嫁鲁桓。文姜既然已出嫁，为何对她丢心不下？

葛屦（jù）五两，冠緌（ruí）双止。鲁道有荡，齐子庸止。既曰庸止，曷又从止？

【译文】

葛麻鞋子双双放，冠上长缨垂两行。鲁国大路真平坦，文姜从这已出嫁。既然已经出了嫁，为啥你还缠着她？

艺麻如之何？衡从其亩。取妻如之何？必告父母。既曰告止，曷又鞠（jū）止？

【译文】

农夫怎么种大麻？耕田横直有定法。小伙怎么娶妻子，一定先要告爹妈。既然爹妈做了主，为啥还要放纵他？

析薪如之何？匪斧不克。取妻如之何？匪媒不得。既曰得止，曷又极止？

【译文】

劈柴应该怎么办？没有斧头劈不行。娶妻应该怎么办？没有媒人办不成。既然已经完了婚，襄公何故要乱情？

甫　田

无田甫田，维莠骄骄。无思远人，劳心忉忉。

【译文】

不要贪心种大田，莠草禾苗难分辨。不要苦苦想远人，忧思绵绵伤精神。

无田甫田，维莠桀桀。无思远人，劳心怛怛。

【译文】

不要贪心种大田，莠草禾苗一起长。不要痴情远方人，忧思绵绵愁断魂。

婉兮娈兮，总角丱（guàn）兮。未几见兮，突而弁兮。

【译文】

小小年纪多俊俏，两束头发像羊角。没过多久重见他，突然戴上成人帽。

卢　令

卢令令，其人美且仁。

【译文】

黑狗项圈响叮当，人漂亮又温情。

卢重环，其人美且鬈（quán）。

【译文】

黑狗项上环套环，人漂亮又勇敢。

卢重鋂（méi），其人美且偲（cāi）。

【译文】

黑狗颈上套两环，人英俊有才干。

敝笱

敝笱在梁，其鱼鲂鳏。齐子归止，其从如云。

【译文】

破旧鱼篓搁鱼梁，鲂鱼鳏鱼不惊慌。文姜回到娘家来，随从多得云一样。

敝笱在梁，其鱼鲂鲊（xù）。齐子归止，其从如雨。

【译文】

破旧鱼篓搁鱼梁，鲂鱼鲢鱼不惊慌。文姜回到娘家来，仆从多如雨水降。

敝笱在梁，其鱼唯唯。齐子归止，其从如水。

【译文】

破旧鱼篓搁鱼梁，鱼群来来又往往。文姜回到娘家来，仆从多如水一样。

载 驱

载驱薄薄，簟茀（fú）朱鞹（kuò）。鲁道有荡，齐子发夕。

【译文】

大车奔驰轧轧响，竹席红革作车篷。鲁国大道坦荡荡，文姜早晚会齐襄。

四骊济济，垂辔濔濔（nǐ）。鲁道有荡，齐子岂弟。

【译文】

四匹黑马多健壮，柔软缰绳垂两旁。鲁国大道坦荡荡，文姜心里喜洋洋。

汶水汤汤，行人彭彭。鲁道有荡，齐子翱翔。

【译文】

汶河流水浩荡荡，路上人多闹嚷嚷。鲁国大道坦荡荡，公主文姜好乐洋洋。

汶水滔滔，行人儦儦。鲁道有荡，齐子游遨。

【译文】

汶河流水浪滔滔，路上随从多如毛。鲁国大道坦荡荡，文姜襄公同游遨。

猗　嗟

猗嗟昌兮！颀而长兮。抑若扬兮，美目扬兮。巧趋跄兮，射则臧兮。

【译文】

他的体格好健壮！身材匀称又修长。面容姣好姿态美，一双美目神采扬。风度翩翩走路快，箭术高超本领强。

猗嗟名兮！美目清兮。仪既成兮，终日射侯，不出正兮，展我甥兮。

【译文】

他的外貌真精神！一双秀目如水清。射箭准备已完成，射箭打靶一天整，箭箭射得很精准，不愧齐国好外甥！

猗嗟娈兮！清扬婉兮。舞则选兮，射则贯兮。四矢反兮，以御乱兮。

【译文】

他的容貌真好看！一对秀目惹人怜。跳舞时有节奏感，箭箭都将靶射穿。四箭射中一个点，保家卫国抵外患。

魏风

葛屦

纠纠葛屦（jù），可以履霜。掺掺（shān）女手，可以缝裳。要之襋之，好人服之。

【译文】

麻鞋破旧脚上穿，穿着可以踩雪霜。缝衣女手纤纤细，可以用来缝衣裳。缝好腰身和衣领，送那美人试新装。

好人提提，宛然左辟。佩其象揥（tì）。维是褊（biǎn）心，是以为刺。

【译文】

美人穿上好舒坦，扭转身子偏一边。象牙发簪佩身间。这个女子小心眼，因此讽她写诗篇。

汾沮洳

彼汾沮洳（rù），言采其莫。彼其之子，美无度。美无度，殊异乎公路。

【译文】

在那汾河湿地上，采来莫菜一筐筐。就是采菜小伙子，美得简直没法讲。美得简直没法讲，和国君随从不一样。

彼汾一方，言采其桑。彼其之子，美如英。美如英，殊异乎公行。

【译文】

在那汾河水一方，桑叶青青采摘忙。就是采桑小伙子，美得好像花一样。美得好像花一样，和国君随从不相像。

彼汾一曲，言采其藚（xù）。彼其之子，美如玉。美如玉，殊异乎公族。

【译文】

在那汾河河湾旁，采来泽泻草放进筐。就是采药小伙子，美如白玉真漂亮。美如白玉真漂亮，和王孙公子不一样。

园有桃

园有桃，其实之殽。心之忧矣，我歌且谣。不知我者，谓我士也骄。彼人是哉？子曰何其？心之忧矣，其谁知之？其谁知之？盖亦勿思。

【译文】

果园里面种着桃，果实可以做佳肴。愁思重重绕心头，又唱歌来又唱谣。不理解我的那些人，说我太狂傲，那些人对吗？你认为如何？

我的心中多忧伤，谁能了解我苦恼？既然无人了解我，苦恼何不全部抛。

园有棘，其实之食。心之忧矣，聊以行国。不知我者，谓我士也罔极。彼人是哉？子曰何其。心之忧矣，其谁知之？其谁知之，盖亦勿思。

【译文】

果园里面有酸枣，采来枣子能吃饱。愁思重重绕心头，到处游玩来消愁。不理解我的那些人，说我无常道，那些人对吗？你认为如何？我的心中多忧伤，谁能了解我苦恼？既然无人了解我，苦恼何不全部抛。

陟　岵

陟彼岵（hù）兮，瞻望父兮。父曰："嗟！予子行役，夙夜无已。上慎旃哉，犹来无止。"

【译文】

登上秃山顶，远远把爹望。爹说："唉！我儿服兵役，早晚不歇息。为人要谨慎，还是早回来，可别老在外。"

陟彼屺（qǐ）兮，瞻望母兮。母曰："嗟！予季行役，夙夜无寐。上慎旃哉，犹来无弃。"

【译文】

登上青山头，遥望我母亲。母亲说："唉！儿子服兵役，日夜不能睡。事事要当心，还是早回来，不要忘记你娘亲。"

陟彼冈兮，瞻望兄兮。兄曰：“嗟！予弟行役，夙夜必偕。上慎旃哉，犹来无死。”

【译文】

登上高山冈，遥望我兄长。兄长说：“唉！弟弟服兵役，早晚都辛苦。为人要小心，还是早回来，可别死在外。”

十亩之间

十亩之间兮，桑者闲闲兮。行，与子还兮。

【译文】

十亩桑田间，采桑人儿悠悠然。走吧，回家一路同做伴。

十亩之外兮，桑者泄泄兮。行，与子逝兮。

【译文】

十亩桑田边，采桑人儿真悠闲。走吧，我们一起回家园。

伐　檀

坎坎伐檀兮，置之河之干兮。河水清且涟猗。不稼不穑，胡取禾三百廛兮？不狩不猎，胡瞻尔庭有县貆（huán）兮？彼君子兮，不素餐兮！

【译文】

砍伐檀树叮叮响，檀树放在岸边上。河水清清起波浪。不种庄稼不收割，为啥三百农家交租粮？不捕兽来不围猎，为啥野貆挂庭院？那些大人老爷们，不能白白吃闲饭。

坎坎伐辐兮，置之河之侧兮。河水清且直猗。不稼不穑，胡取禾三百亿兮？不狩不猎，胡瞻尔庭有县特兮？彼君子兮，不素食兮！

【译文】

砍伐檀树声坎坎，檀树放在河岸边，河水清清起波澜。你们从来不种田，为啥收得稻禾数千万？不捕兽来不围猎，为啥野兽庭院悬？那些大人老爷们，不要白白吃闲饭。

坎坎伐轮兮，置之河之漘（chún）兮。河水清且沦猗。不稼不穑，胡取禾三百囷（qūn）兮？不狩不猎，胡瞻尔庭有县鹑兮？彼君子兮，不素飧（sūn）兮！

【译文】

砍伐檀树响阵阵，放在河边作车轮。河水清清起波纹。你们从来不种田，为啥三百粮仓间间满？不捕兽来不围猎，为啥鹌鹑挂满你庭院？那些大人老爷们，不要白白吃闲饭。

硕　鼠

硕鼠硕鼠，无食我黍！三岁贯女，莫我肯顾。逝将去女，适彼乐土。乐土乐土，爰得我所。

【译文】

大老鼠啊大老鼠，不要吃我种的黍！三年始终喂养你，我的生活你不顾。发誓现在离开你，去找理想安乐土。安乐土呀安乐土，才是我的好去处。

硕鼠硕鼠，无食我麦！三岁贯女，莫我肯德。逝将去女，适彼乐国。乐国乐国，爰得我直。

【译文】

大老鼠啊大老鼠，不要吃我种的麦！三年始终喂养你，你却从未感恩惠。发誓现在离开你，去找理想安乐国。安乐国啊安乐国，那才值得我去住。

硕鼠硕鼠，无食我苗！三岁贯女，莫我肯劳。逝将去女，适彼乐郊。乐郊乐郊，谁之永号。

【译文】

大老鼠啊大老鼠，不要吃我种的苗！三年始终喂养你，从不对我来慰劳。发誓现在离开你，去找理想安乐郊。安乐郊啊安乐郊，谁会叹息和长号！

唐风

蟋　蟀

蟋蟀在堂，岁聿其莫。今我不乐，日月其除。无已大康，职思其居。好乐无荒，良士瞿瞿。

【译文】

蟋蟀鸣叫在屋角，时光匆匆到年末。今不及时寻欢乐，转眼光阴白白过。过度作乐也不好，政事也要做一做。行乐不能荒政事，贤良之人能谨慎。

蟋蟀在堂，岁聿其逝。今我不乐，日月其迈。无已大康，职思其外。好乐无荒，良士蹶蹶。

【译文】

蟋蟀鸣叫屋里边，一年匆匆快过完。如果现在不行乐，光阴一去不复还。过度行乐也不好，分外事情也要干。行乐不能荒正业，贤士做事不缓慢。

蟋蟀在堂，役车其休。今我不乐，日月其慆（tāo）。无已大康，职思其忧。好乐无荒，良士休休。

【译文】

蟋蟀钻进堂屋里，岁末役车也休息。如果现在不行乐，转眼光阴白白过。过度行乐也不好，国家忧虑记心头。行乐不能荒正业，贤人安闲要适度。

山有枢

山有枢，隰有榆。子有衣裳，弗曳弗娄。子有车马，弗驰弗驱。宛其死矣，他人是愉。

【译文】

山上长着刺榆树，榆树长在洼地中。你有好衣有好裳，你却不穿在身上。你有车又有马，你却不乘又不坐。有朝眼闭腿一伸，别人占有尽享乐。

山有栲（kǎo），隰有杻（niǔ）。子有廷内，弗洒弗埽。子有钟鼓，弗鼓弗考。宛其死矣，他人是保。

【译文】

山栲长山上，洼地长菩提。你有好庭院，不洒也不扫。你有钟和鼓，不打也不敲。一旦离人世，别人占有乐陶陶。

山有漆，隰有栗。子有酒食，何不日鼓瑟？且以喜乐，且以永日。宛其死矣，他人入室。

【译文】

漆树长山上，栗树洼地长。你有美酒和好菜，何不奏乐来安享？姑且用它寻欢乐，姑且用它度时光。等你呜呼一命亡，别人就要进来占你房。

扬之水

扬之水，白石凿凿。素衣朱襮（bó），从子于沃。既见君子，云何不乐？

【译文】

河水悠悠缓缓行，水底白石多鲜明。身穿白衫红衣领，一同相见在曲沃，怎不愉快心欢欣？

扬之水，白石皓皓。素衣朱绣，从子于鹄。既见君了，云何其忧？

【译文】

河水悠悠缓缓行，水底白石多明净。身穿白衫绣花领，跟他一道到鹄城。一同相见在安鹄，有啥忧愁不高兴？

扬之水，白石粼粼。我闻有命，不敢以告人。

【译文】

河水悠悠缓缓行，水底白石亮晶晶。听到您使命，不敢告诉人。

椒　聊

椒聊之实，蕃衍盈升。彼其之子，硕大无朋。椒聊且，远条且。

【译文】

花椒果实挂树梢，结子繁茂一升多。这位姑娘啊，大块头无人能比过。花椒树啊，枝条升得长又高。

椒聊之实，蕃衍盈匊（jū）。彼其之子，硕大且笃。椒聊且，远条且。

【译文】

花椒树啊果实聚，结子繁茂双手掬。这位姑娘啊，身材高大又厚实。花椒树啊，枝条升得长又直。

绸　缪

绸缪束薪，三星在天。今夕何夕？见此良人。子兮子兮！如此良人何？

【译文】

缠缠绕绕把柴捆，三星东升日黄昏。今晚是啥好时辰？见到我的好男人。可心人啊可心人啊！对他怎样表我心？

绸缪束刍，三星在隅。今夕何夕？见此邂逅。子兮子兮！如此邂逅何？

【译文】

紧紧扎着一捆草，三星已在天之角。今夜是啥好时辰？夫妻见面开心笑。可心人啊可心人，相会恩爱不知怎么好？

绸缪束楚，三星在户。今夕何夕？见此粲者。子兮子兮！如此粲者何？

【译文】

把把荆条细细缠，三星移到门外边。今晚是啥好时辰？见到美貌可心人。可心人啊可心人，我该如何把她亲？

杕 杜

有杕（dì）之杜，其叶湑（xǔ）湑。独行踽（jǔ）踽，岂无他人？不如我同父。嗟行之人，胡不比焉？人无兄弟，胡不佽（cì）焉？

【译文】

一株赤棠孤零零，绿叶簇簇好茂盛。独自行路冷清清，难道没人同路行？不如同宗兄弟亲。可叹处处陌路人，为何不来近我身？看我身边无兄弟，何不帮我可怜人？

有杕之杜，其叶菁菁。独行睘（qióng）睘，岂无他人？不如我同姓。嗟行之人，胡不比焉？人无兄弟，胡不佽焉？

【译文】

一株赤棠孤零零，绿叶苍翠又茂盛。独自行走苦伶仃，难道没人同路行？不如同宗骨肉亲。可叹处处陌路人，为何不来近我身？看我身边无兄弟，何不帮我解忧闷？

羔　裘

羔裘豹祛，自我人居居。岂无他人？维子之故。

【译文】

羊袍袖口镶豹皮，那个男子太傲气。难道没有别的人？只是因为爱着你。

羔裘豹褎（xiù），自我人究究。岂无他人？维子之好。

【译文】

豹皮为袖羊皮袄，那个男子太高傲。难道没人可亲近？原是想与你相好。

鸨　羽

肃肃鸨羽，集于苞栩。王事靡盬（gǔ），不能艺稷黍。父母何怙？悠悠苍天，曷其有所？

【译文】

野雁沙沙展翅膀，落在丛生柞树上。王公差役无休止，不能在家种黍粱。父母依靠什么养？抬头问天天在上，啥时才能回家乡？

肃肃鸨翼，集于苞棘。王事靡盬，不能艺黍稷。父母何食？悠悠苍天，曷其有极？

【译文】

大雁沙沙展翅膀，落在丛生棘树上。王公差事做不完，不能在家种黍粱。家里父母哪有粮？抬头问天天在上，这样日子有多长？

肃肃鸨行，集于苞桑。王事靡盬，不能艺稻粱。父母何尝？悠悠苍天，曷其有常？

【译文】

大雁沙沙排成行，落在一片桑树上。王公差事做不完，不能在家种黍粱。拿什么来养爹娘？抬头问天天在上，何时世道才正常？

无　衣

岂曰无衣？七兮。不如子之衣，安且吉兮。

【译文】

谁说我没衣服穿？我的衣服有七件。怎么比得上你做的衣服舒适又美观。

岂曰无衣？六兮。不如子之衣，安且燠（yù）兮。

【译文】

谁说我没衣服穿？我的衣服有六件。怎么比得上你做的衣服舒服又温暖。

有杕之杜

有杕之杜，生于道左。彼君子兮，噬（shì）肯适我？中心好之，曷饮食之？

【译文】

一株赤棠好孤单，长在野外路东边。不知我的心中人，可否愿意来相见？心中对他很喜欢，何时请他用茶饭？

有杕之杜，生于道周。彼君子兮，噬肯来游。中心好之，曷饮食之？

【译文】

一株赤棠独自开，长在右边道路外。不知我的心中人，可肯出门来看我？心里深深爱着他，何不请他喝一杯？

葛　生

葛生蒙楚，蔹（liǎn）蔓于野。予美亡此，谁与？独处！

【译文】

葛藤覆荆条，蔹草野外长。丈夫离人间。有谁来做伴？独处真孤单！

葛生蒙棘，蔹蔓于域。予美亡此，谁与？独息！

【译文】

酸枣树上葛藤缠，蔹草墓地旁蔓延。我的丈夫离人间，有谁来做伴？与我共枕眠！

角枕粲兮，锦衾烂兮。予美亡此，谁与？独旦！

【译文】

角枕好璀璨，锦被真绚烂。我的爱人离人间，有谁来做伴？独睡难熬到明天。

夏之日，冬之夜，百岁之后，归于其居。

【译文】

夏天日子长，冬天夜漫漫，百年我死后，坟里再相见。

冬之夜，夏之日，百岁之后，归于其室。

【译文】

冬夜长长，夏日漫漫，百年我死后，回到墓中你身边。

采　苓

采苓采苓，首阳之巅。人之为言，苟亦无信。舍旃（zhān）舍旃，苟亦无然。人之为言，胡得焉！

【译文】

采甘草呀采甘草，在那首阳山上找。有人喜欢来造谣，千万莫信那一套。抛弃一边别理睬，谎话不对不可靠。有人喜欢来造谣，其实啥也捞不到！

采苦采苦，首阳之下。人之为言，苟亦无与。舍旃舍旃，苟亦无然。人之为言，胡得焉！

【译文】

采苦菜呀采苦菜，来到首阳山脚找。人家向你说谎话，不要轻易相信它。把这谎话抛弃掉，那些不对不可靠。有人喜欢来造谣，其实啥也捞不到！

采葑采葑，首阳之东。人之为言，苟亦无从。舍旃舍旃，苟亦无然。人之为言，胡得焉！

【译文】

采蔓菁呀采蔓菁，来到首阳山面东。人家对你说谎话，不要轻易就听从。把这谎话丢一旁，不可靠来不上当。有人喜欢造谣言，其实啥也别来想！

秦风

车 邻

有车邻邻，有马白颠。未见君子，寺人之令。

【译文】

车子驶过响辚辚，驾车马儿白额顶。为啥难见君子面，只因仆人没传令。

阪有漆，隰有栗。既见君子，并坐鼓瑟。今者不乐，逝者其耋（dié）。

【译文】

漆树生长在山坡，低洼地里栗成丛。总算见到君子面，并肩弹瑟喜相逢。现在行乐不及时，将来转眼成老翁。

阪有桑，隰有杨。既见君子，并坐鼓簧。今者不乐，逝者其亡。

【译文】

山坡上面栽着桑，低洼地里长白杨。总算见到君子面，并肩坐下吹笙簧。现在若不把福享，将来死去怨恨长。

驷驖

驷驖（tiě）孔阜，六辔在手。公之媚子，从公于狩。

【译文】

四匹黑马肥又壮，六根缰绳手里扬。国君亲信受宠幸，跟随国君打猎忙。

奉时辰牡，辰牡孔硕。公曰："左之！"舍拔则获。

【译文】

驱来应时野雄兽，雄兽肥大又多肉。国君命令："朝左射！"弯弓放箭射中兽。

游于北园，四马既闲。辅（yóu）车鸾镳，载猃（xiǎn）歇骄。

【译文】

猎罢再去游北园，四马路上真悠闲。车儿轻快鸾铃响，各种猎狗载车间。

小戎

小戎俴（jiàn）收，五楘（mù）梁辀（zhōu）。游环胁驱，阴靷（yǐn）鋈（wù）续。文茵畅毂，驾我骐馵（zhù）。言念君子，温其如玉。在其板屋，乱我心曲。

【译文】

轻便兵车车厢浅，五条花皮系曲辕。皮环皮条套骖马，拉车皮带穿铜圈。虎皮垫座车毂长，驾着花马跑得欢。丈夫让人好想念，人品温和玉一般。如今从军去前线，使我忧愁又心乱。

四牡孔阜，六辔在手。骐骝是中，騧（guā）骊是骖。龙盾之合，鋈以觼（jué）軜（nà）。言念君子，温其在邑。方何为期？胡然我念之？

【译文】

四匹公马肥又壮，六条缰绳抓手上。青马黑马中间驾，黄马黑马驾两旁。画龙盾牌对对合，车环白金闪金光。心中怀念我丈夫，温和敦厚守边关。服役何时到期限？愁思绵绵心挂念。

俴驷孔群，厹（qiú）矛鋈錞，蒙伐有苑。虎韔（chàng）镂膺，交韔二弓，竹闭緄（gǔn）縢（téng）。言念君子，载寝载兴。厌厌良人，秩秩德音。

【译文】

四马协调铁甲轻，三棱长矛戴铜镦，盾牌彩绘多花纹。虎皮弓套镶金银，两弓交叉放套中，弓弦背面绑竹棍。心中怀念我夫君，难以成眠半夜醒。丈夫温和又安静，美德清明好名声。

蒹　葭

蒹葭苍苍，白露为霜。所谓伊人，在水一方。溯洄从之，道阻且长。溯游从之，宛在水中央。

【译文】

芦苇茂密水边长，深秋白露结成霜。我所思念那个人，就在河水那一方。逆着河水去找她，道路险阻又太长。顺着流水去找她，仿佛在那水中央。

蒹葭萋萋，白露未晞（xī）。所谓伊人，在水之湄。溯洄从之，道阻且跻。溯游从之，宛在水中坻（chí）。

【译文】

河边芦苇一大片，清晨露水未曾干。我所思念那个人，就在河的那一边。逆流而上去找她，道路险阻攀登难。顺着流水去找她，仿佛就在水中滩。

蒹葭采采，白露未已。所谓伊人，在水之涘。溯洄从之，道阻且右。溯游从之，宛在水中沚。

【译文】

河边芦苇密稠稠，早晨露水未全收。我心思念那个人，就在水边那一头。逆着流水去找她，道路弯弯又险阻。顺着流水去找她，仿佛就在水中洲。

终　南

终南何有？有条有梅。君子至止，锦衣狐裘。颜如渥丹，其君也哉！

【译文】

终南山上有什么？盛产山楸与楠木。君子登上这座山，锦衣狐裘身上穿。脸色红润如涂丹，这小伙子呀！

终南何有？有纪有堂。君子至止，黻（fú）衣绣裳。佩玉将将，寿考不忘！

【译文】

终南山上有什么？盛产枸杞和海棠。君子来到这山冈，身穿锦绣新衣裳。身上佩玉叮当响，长命百岁寿无疆。

黄　鸟

交交黄鸟，止于棘。谁从穆公？子车奄息。维此奄息，百夫之特。临其穴，惴惴其栗。彼苍者天，歼我良人。如可赎兮，人百其身。

【译文】

黄雀喳喳叫不停，飞来落在枣树上。谁随穆公去殉葬？子车奄息有名望。说起这个奄息郎，才德百人比不上。走近墓穴要活埋，浑身战栗心发慌。叫声苍天天在上，残害能人不应当。如果可以赎他命，愿死百回来抵偿。

交交黄鸟，止于桑。谁从穆公？子车仲行。维此仲行，百夫之防。临其穴，惴惴其栗。彼苍者天，歼我良人。如可赎兮，人百其身。

【译文】

黄雀叫声多悠扬，飞来落在桑树上。谁从穆公去殉葬？他姓子车名仲行。子车仲行有名望，一百个人难抵挡。走到穆公墓穴旁，战战兢兢好恐慌。叫声苍天天在上，残害能人不应当。如果可以赎他命，愿死百回来抵偿。

交交黄鸟，止于楚。谁从穆公？子车鍼（qián）虎。维此鍼虎，百夫之御。临其穴，惴惴其栗。彼苍者天，歼我良人。如可赎兮，人百其身。

【译文】

黄雀儿鸣叫遍飞舞，落脚地方是荆楚。谁从穆公阴间走？他姓子车名鍼虎，只有能干好鍼虎，一百个人抵不住。走近穆公墓穴处，心中惊慌身发抖。叫声苍天天在上，杀我好人心狠毒。如果可以赎他命，愿死百回来抵偿。

晨　风

鴥（yù）彼晨风，郁彼北林。未见君子，忧心钦钦。如何如何？忘我实多。

【译文】

晨风空中疾飞行，飞进茂盛北边林。没有见到心上人，忧思绵绵不安心。怎么办啊怎么办？把我遗忘太绝情。

山有苞栎，隰有六驳。未见君子，忧心靡乐。如何如何？忘我实多。

【译文】

山上栎树长山坡，低湿地里梓榆多。许久没见心上人，心中忧郁受折磨。怎么办啊怎么办？早已遗忘不想我。

山有苞棣，隰有树檖（suì）。未见君子，忧心如醉。如何如何？忘我实多。

【译文】

山上郁李一丛丛，低湿地里山梨多。没有见到心上人，心如醉酒失魂魄。怎么办啊怎么办？早已遗忘不想我。

无　衣

岂曰无衣？与子同袍。王于兴师，修我戈矛，与子同仇。

【译文】

谁说我们没军衣？与你合穿一战袍。大王兴兵去打仗，修理我枪和我矛，同仇敌忾士气高。

岂曰无衣？与子同泽。王于兴师，修我矛戟，与子偕作。

【译文】

谁说我们没军衣？我们合穿一内衣。大王兴兵去打仗，修理我矛和我戟，我们作战在一起。

岂曰无衣？与子同裳。王于兴师，修我甲兵，与子偕行。

【译文】

谁说没有军装穿？你我合着穿衣裳。大王调兵又遣将，修理铠甲和刀枪，我们一同上战场。

渭 阳

我送舅氏，曰至渭阳。何以赠之？路车乘黄。

【译文】

我送舅父把国回，一直送到渭水北。我拿什么来相赠？大车一辆黄马两对。

我送舅氏，悠悠我思。何以赠之？琼瑰玉佩。

【译文】

我送舅舅把国回，愁思绵绵无尽头。用啥礼物送给他？宝石美玉一大挂。

权 舆

於，我乎！夏屋渠渠，今也每食无余。于嗟乎！不承权舆。

【译文】

哎，我呀！从前住的大厦高楼，如今饭菜不能吃够。哎呀呀！日子不能比当初。

於，我乎！每食四簋（guǐ），今也每食不饱。于嗟乎！不承权舆。

【译文】

哎，我呀！过去每餐四菜不可少，如今饭菜吃不饱。哎呀呀！现在不如过去好。

陈风

宛 丘

子之汤兮，宛丘之上兮。洵有情兮，而无望兮。

【译文】

姑娘舞姿飘荡荡，轻轻曼舞宛丘上。心中实有万般情，可惜没有啥指望。

坎其击鼓，宛丘之下。无冬无夏，值其鹭羽。

【译文】

皮鼓敲得咚咚响，曼舞宛丘低坡上。不论冬夏都这样，挥动羽毛跳舞忙。

坎其击缶，宛丘之道。无冬无夏，值其鹭翿（dào）。

【译文】

姑娘击缶咚咚响，跳舞宛丘大路旁。不论冬夏都一样，鹭鸶羽毛插头上。

东门之枌

东门之枌（fén），宛丘之栩。子仲之子，婆娑其下。

【译文】

东门路旁榆树生，栎树长满宛丘顶。子仲家中好姑娘，舞姿蹁跹好开心。

穀（gǔ）旦于差，南方之原。不绩其麻，市也婆娑。

【译文】

挑选一个好时光，来到南边原野上。撂下手中纺的麻，闹市跳舞好欢畅。

穀旦于逝，越以鬷（zōng）迈。视尔如荍（qiáo），贻我握椒。

【译文】

趁着良辰同出去，多次前往共相会。模样漂亮像锦葵，赠我花椒耐回味。

衡　门

衡门之下，可以栖迟。泌（bì）之洋洋，可以乐饥。

【译文】

支起横木做成门，门里一样能住人。泉水流淌水清清，喝上几口忘饥困。

岂其食鱼，必河之鲂？岂其娶妻，必齐之姜？

【译文】

难道说我要吃鱼，一定要吃黄河大鲂鱼？难道说我要娶妻，一定要娶齐国姜姓女？

岂其食鱼，必河之鲤？岂其娶妻，必宋之子？

【译文】

谁说我吃鱼，一定要吃黄河鲤？谁说我娶妻，一定要娶那宋女？

东门之池

东门之池，可以沤（òu）麻。彼美淑姬，可与晤歌。

【译文】

东城门外护城池，可以泡麻织衣裳。美丽温柔好姑娘，可以和我相对唱。

东门之池，可以沤纻（zhù）。彼美淑姬，可与晤语。

【译文】

东城门外护城池，可以泡麻织新装。美丽温柔好姑娘，与她相会私语长。

东门之池，可以沤菅（jiān）。彼美淑姬，可与晤言。

【译文】

护城池从东门绕，池里可以泡茅草。美丽温柔好姑娘，我的话儿她知道。

东门之杨

东门之杨，其叶牂（zāng）牂。昏以为期，明星煌煌。

【译文】

东门外边有白杨，枝叶茂盛色苍苍。约会约在黄昏后，等到启明星儿亮。

东门之杨，其叶肺（pèi）肺。昏以为期，明星晢（zhé）晢。

【译文】

东门外边有白杨，枝叶茂盛长得旺。约定相会在黄昏，启明星儿亮堂堂。

墓　门

墓门有棘，斧以斯之。夫也不良，国人知之。知而不已，谁昔然矣。

【译文】

墓门有棵酸枣树，用斧劈开一条路。那人不是好东西，大家知他心歹毒。知错不改行如故，向来如此不在乎。

墓门有梅，有鸮萃止。夫也不良，歌以讯之。讯予不顾，颠倒思予。

【译文】

墓门梅树一大片，猫头鹰飞来歇上边。那人狠毒心不善，作首歌我把他劝。规劝他若不悔改，灾难临头想到我。

防有鹊巢

防有鹊巢，邛（qióng）有旨苕（tiáo）。谁侜（zhōu）予美？心焉忉忉。

【译文】

堤边树上有鹊巢，山丘长满嫩苕草。是谁离间我相好？使我心忧添烦恼。

中唐有甓（pì），邛有旨鹝（yì）。谁侜予美？心焉惕（tì）惕。

【译文】

水塘中有野鸭子，山丘长满美绶草。是谁离间我相好？心里担忧又烦恼。

月　出

月出皎兮，佼人僚兮。舒窈纠兮，劳心悄兮。

【译文】

月儿出来亮堂堂，美人月下更漂亮。身姿窈窕步轻盈，爱她想她心惆怅。

月出皓兮，佼人懰（liǔ）兮。舒忧受兮，劳心慅（cǎo）兮。

【译文】

月儿出来多光耀，美人月下真姣好。身材婀娜步舒缓，爱她思她心烦恼。

月出照兮，佼人燎兮。舒夭绍兮，劳心惨兮。

【译文】

月儿出来光普照，月下美人更妖娆。体态轻盈步优美，让我思想心烦躁。

株 林

胡为乎株林？从夏南。匪适株林，从夏南。

【译文】

他到株林去干啥？原来是去见夏南。不是去到株林玩，为的是去见夏南。

驾我乘马，说（shuì）于株野。乘我乘驹，朝食于株。

【译文】

驾着我的四匹马，停留郊外不想返。再换我的四匹驹，株林夏家吃早餐。

泽 陂

彼泽之陂，有蒲与荷。有美一人，伤如之何！寤寐无为，涕泗滂沱。

【译文】

堤坝围着那池塘，蒲草嫩绿荷花香。有个英俊美男子，苦苦想他徒悲伤！日夜相思把他想，想他想得泪汪汪。

彼泽之陂，有蒲与蕑（jiān）。有美一人，硕大且卷。寤寐无为，中心悁悁。

【译文】

池塘边上堤坝高，塘中莲花伴蒲草。有位英俊美男子，身材高大好容貌。日夜相思睡不着，心中忧虑愁煎熬。

彼泽之陂，有蒲菡萏。有美一人，硕大且俨。寤寐无为，辗转伏枕。

【译文】

堤坝围着那池塘，蒲草荷花里面长。有个英俊美男子，身材高大又端庄。日夜相思把他想，辗转难眠伏枕上。

桧风

羔　裘

羔裘逍遥，狐裘以朝。岂不尔思？劳心忉忉。

【译文】

身穿羊裘任逍遥，穿着狐裘去上朝。难道我不把你想？心中想念愁难消。

羔裘翱翔，狐裘在堂。岂不尔思？我心忧伤。

【译文】

身穿羊裘到处逛，穿着狐裘上公堂。难道我不把你想？想你想得好悲伤。

羔裘如膏，日出有曜（yào）。岂不尔思？中心是悼。

【译文】

羊袍如脂色泽亮，太阳一出闪光亮。难道我不把你想？心中想你好忧伤。

素　冠

庶见素冠兮，棘人栾栾兮，劳心慱（tuán）慱兮。

【译文】

幸见亡夫戴白帽，身体瘦弱变容貌，我心忧愁实难消。

庶见素衣兮，我心伤悲兮，聊与子同归兮。

【译文】

幸见亡夫空白衫，我心伤悲口难言，愿和你一起升天。

庶见素韠（bì）兮，我心蕴结兮，聊与子如一兮。

【译文】

幸见亡夫穿蔽膝，我心忧虑悲凄凄，愿意与你长相依。

隰有苌楚

隰有苌楚，猗（ē）傩（nuó）其枝。天之沃沃，乐子之无知。

【译文】

洼地长着杨桃树，枝条婀娜多妖娆。鲜嫩润泽长得好，羡你无知无烦恼。

隰有苌楚，猗傩其华。天之沃沃，乐子之无家。

【译文】

洼地长着杨桃树，花朵鲜艳多俊俏。鲜嫩光润长得好，羡你无家任逍遥。

隰有苌楚，猗傩其实。夭之沃沃，乐子之无室。

【译文】

洼地长着杨桃树，果实累累挂枝条。鲜嫩润泽长得好，羡你无家真超脱。

匪　风

匪风发兮，匪车偈（jié）兮。顾瞻周道，中心怛兮。

【译文】

风儿吹得呼呼响，车儿滚滚向前方。回头朝着大路望，心里想家好悲伤。

匪风飘兮，匪车嘌（piāo）兮。顾瞻周道，中心吊兮。

【译文】

风儿吹得呼呼叫，车儿滚滚向前跑。回头向着大路望，心中忧愁有多少。

谁能亨鱼，溉之釜鬵（xín）。谁将西归，怀之好音。

【译文】

有谁能够烹煮鱼，锅碗炊具洗干净。谁将回头向西行，快给我家传个信。

曹风

蜉　蝣

蜉蝣之羽，衣裳楚楚。心之忧矣，于我归处？

【译文】

蜉蝣翅膀薄又亮，像那鲜艳美衣裳。我的心中多忧伤，我的归宿在何方？

蜉蝣之翼，采采衣服。心之忧矣，于我归息？

【译文】

蜉蝣翅膀薄又轻，像那锦衣真华丽。我的心中多忧虑，我在哪里去安息？

蜉蝣掘阅，麻衣如雪。心之忧矣，于我归说？

【译文】

蜉蝣穿洞来人间，身着麻衣白如雪。我的心中多悲伤，我到哪里去居住？

候　人

彼候人兮，何戈与祋（duì）。彼其之子，三百赤芾（fú）。

【译文】

迎送宾客那小官，戈祋兵器扛在身。可恨小人满朝廷，红皮绑腿三百人。

维鹈（tí）在梁，不濡其翼。彼其之子，不称其服。

【译文】

鱼鹰落在鱼梁上，不曾沾湿它翅膀。那些小人把官当，不配穿那好衣裳。

维鹈在梁，不濡其咮（zhòu）。彼其之子，不遂其媾。

【译文】

鱼鹰落在鱼梁上，水没打湿它的嘴。那些小人无作为，不配高官与厚禄。

荟兮蔚兮，南山朝隮（jī）。婉兮娈兮，季女斯饥。

【译文】

云蒸雾罩浓又密，南山早上彩虹起。候人幼女虽姣好，没有饭吃饿肚皮。

鸤 鸠

鸤（shī）鸠在桑，其子七兮。淑人君子，其仪一兮。其仪一兮，心如结兮。

【译文】

布谷栖在桑树上，七只小鸟在成长。品德高尚好君子，他的行动总一样。他的行动总一样，他的意志好坚强。

鸤鸠在桑，其子在梅。淑人君子，其带伊丝。其带伊丝，其弁伊骐。

【译文】

布谷桑树上筑巢，小鸟梅树上落脚。善良君子仪表好，他的腰带生丝造。他的腰带生丝造，头上戴着黑皮帽。

鸤鸠在桑，其子在棘。淑人君子，其仪不忒。其仪不忒，正是四国。

【译文】

布谷筑巢桑树间，小鸟飞在枣树上。道德高尚好君子，言行如一不走样，四方各国好榜样。

鸤鸠在桑，其子在榛。淑人君子，正是国人。正是国人，胡不万年？

【译文】

布谷筑巢桑树间，小鸟飞落榛树上。行为端正好君子，全国百姓好榜样。全国百姓好榜样，怎不祝他寿无疆。

下泉

洌彼下泉，浸彼苞稂（láng）。忾我寤叹，念彼周京。

【译文】

冰冷泉水地下淌，滋润稂草好生长。夜中醒来我长叹，想念京都心惆怅。

洌彼下泉，浸彼苞萧。忾我寤叹，念彼京周。

【译文】

冰冷泉水地下淌，浸得艾蒿好生长。夜中醒来我长叹，空念京都难回乡。

洌彼下泉，浸彼苞蓍。忾我寤叹，念彼京师。

【译文】

冰冷泉水地下淌，淹得蓍草好生长。睁眼醒来空长叹，不知京都怎么样。

芃（péng）芃黍苗，阴雨膏之。四国有王，郇（xún）伯劳之。

【译文】

蓬蓬勃勃黍子苗，阴雨滋润节节高。四方诸侯敬周王，王派郇伯来慰劳。

豳风

七　月

七月流火，九月授衣。一之日觱（bì）发（bō），二之日栗烈。无衣无褐，何以卒岁？三之日于耜（sì），四之日举趾。同我妇子，馌（kè）彼南亩，田畯（jùn）至喜。

【译文】

七月火星向西移，九月妇女做冬衣。十一月北风劲吹，十二月冻人寒气。没有好衣没粗衣，怎么度过这年底？正月里修好犁，二月里去种地。带着妻儿一同去，把饭送到南边地，田官老爷笑嘻嘻。

七月流火，九月授衣。春日载阳，有鸣仓庚。女执懿筐，遵彼微行，爰求柔桑。春日迟迟，采蘩祁祁。女心伤悲，殆及公子同归。

【译文】

七月火星偏西方，九月妇女织衣裳。春天太阳暖洋洋，黄莺叫声真响亮。姑娘手提深竹筐，沿着那边小路旁，采摘那些柔嫩桑。春天日子渐渐长，采蒿人们来又往。姑娘心里好悲伤，就怕公子将她抢。

七月流火，八月萑（huán）苇。蚕月条桑，取彼斧斨（qiāng）。以伐远扬，猗彼女桑。七月鸣鵙，八月载绩。载玄载黄，我朱孔阳，为公子裳。

【译文】

七月火星偏西方，八月割苇好收藏。三月修剪桑树忙，拿起斧头拿起斨。高枝长条砍个光，手攀小枝采嫩桑。七月伯劳声声唱，八月织布把麻纺。丝麻染色有黑又有黄，我染红色最漂亮，来给公子做衣裳。

四月秀葽（yāo），五月鸣蜩。八月其获，十月陨萚（tuò）。一之日于貉，取彼狐狸，为公子裘。二之日其同，载缵（zuǎn）武功。言私其豵（zōng），献豜（jiān）于公。

【译文】

四月野瓜把子结，五月蝉儿叫不歇。八月庄稼要收割，十月草木凋落飘树叶。十一月把那貉子打，还得剥下狐狸皮，献给公子做皮衣。十二月大伙聚一起，继续打猎练武艺。猎得小兽归自己，猎得大兽献公爷。

五月斯螽动股，六月莎鸡振羽。七月在野，八月在宇，九月在户，十月蟋蟀入我床下。穹窒熏鼠，塞向墐户。嗟我妇子，曰为改岁，入此室处。

【译文】

五月蚂蚱弹腿响，六月织娘振翅膀。七月蟋蟀在田野，八月屋檐底下唱，九月跳进我家门，十月到我床下藏。烟熏老鼠堵鼠洞，泥好柴门塞北窗。可怜我的妻和子，一年到头除夕夜，走进破屋避风雪。

六月食郁及薁（yù），七月亨葵及菽，八月剥枣，十月获稻。为此春酒，以介眉寿。七月食瓜，八月断壶，九月叔苴。采荼薪樗，食我农夫。

【译文】

六月吃李和葡萄，七月葵菜和豆熬，八月打酸枣，十月收割稻。用它造春酒，共祝主人福寿高。七月吃甜瓜，八月摘葫芦，九月拾麻籽。采了苦菜又砍柴，农夫饮食挺糟糕。

九月筑场圃，十月纳禾稼。黍稷重穋（lù），禾麻菽麦。嗟我农夫，我稼既同，上入执宫功。昼尔于茅，宵尔索绹。亟其乘屋，其始播百谷。

【译文】

九月修好打谷场，十月打粮好入仓。小米、麻子、豆子和麦子，早谷、晚谷、糜子和高粱。叹我农夫干活忙，地里庄稼刚收完，又要服役修宫房。白天外出去割草，晚上搓绳长又长。急急忙忙盖屋顶，开年又要种百粮。

二之日凿冰冲冲，三之日纳于凌阴。四之日其蚤，献羔祭韭。九月肃霜，十月涤场。朋酒斯飨，曰杀羔羊。跻彼公堂，称彼兕觥，万寿无疆。

【译文】

腊月凿冰咚咚响，正月搬冰地窖藏。二月取冰行祭礼，羔羊韭菜供神享。九月天高气又爽，十月草木凋又落。两壶美酒大家尝，还杀一只小羔羊。登上公爷大厅堂，举起盛酒牛角环，一齐高呼万寿无疆。

鸱　鸮

鸱鸮鸱鸮，既取我子，无毁我室。恩斯勤斯，鬻子之闵斯。

【译文】

猫头鹰啊猫头鹰，你已抓走我娃娃，不要再毁我的家。我辛苦啊又疲乏，养育孩子人累垮。

迨天之未阴雨，彻彼桑土，绸缪牖户。今女下民，或敢侮予？

【译文】

趁着天气没阴雨，去寻桑树根的皮，缠紧窗子和门户。现在你们巢下人，有人可敢把我欺？

予手拮据，予所捋荼，予所蓄租，予口卒瘏（tú），曰予未有室家。

【译文】

我手干这又干那，我还采摘茅草花，积聚草把褥垫加，口嘴满是伤和疤，我还未有我的家。

予羽谯（qiáo）谯，予尾翛（xiāo）翛，予室翘翘，风雨所漂摇，予维音哓（xiāo）哓。

【译文】

我的羽毛已枯焦，我的尾巴像干草，我的窝儿险又高，风吹雨打晃又摇，吓得我啊乱喊叫。

东　山

我徂东山，慆慆不归。我来自东，零雨其濛。我东曰归，我心西悲。制彼裳衣，勿士行枚。蜎蜎者蠋（zhú），烝在桑野。敦彼独宿，亦在车下。

【译文】

我到东山去打仗，久久不能回家乡。今日终于离东方，细雨濛濛落身上。听说将要回家乡，眼望西方心悲伤。缝好一套平常装，不用行军上战场。山蚕蠕动行得慢，息在野外桑树上。我蜷一团独自睡，兵车底下权当床。

我徂东山，慆慆不归。我来自东，零雨其濛。果蠃之实，亦施于宇。伊威在室，蟏（xiāo）蛸（shāo）在户，町（tīng）畽（tuǎn）鹿场，熠（yì）耀宵行。不可畏也，伊可怀也。

【译文】

我到东山去出征，久久不能还故园。如今我自东方归，细雨濛濛洒江天。果树结实沉甸甸，藤蔓延伸到屋檐。地龟虫在屋内转，蜘蛛结网在门边。田地被野鹿踏遍，萤火夜里光闪闪。家园虽荒也不怕，我心仍然好怀念。

我徂东山，慆慆不归。我来自东，零雨其濛。鹳鸣于垤（dié），妇叹于室。洒扫穹窒，我征聿至。有敦瓜苦，烝在栗薪。自我不见，于今三年。

【译文】

我到东山去打仗，久久不能还故园。如今我从东方归，细雨濛濛洒江天。鹳鸟飞上土丘叫，妻在家中把气叹。洒扫屋子多干净，只盼我能把家还。瓠瓜长得溜溜圆，吊在栗木干柴边。自从我们不相见，至今整整有三年。

我徂东山，慆慆不归。我来自东，零雨其濛。仓庚于飞，熠耀其羽。之子于归，皇驳其马。亲结其缡（lí），九十其仪。其新孔嘉，其旧如之何？

【译文】

我到东山去打仗，久久不归岁月长。今日终于离东方，细雨濛濛落身上。伯劳天上任飞翔，羽毛鲜明闪闪亮。想她当初做新娘，黄马花马好几样。娘替女儿结佩巾，十遍八遍礼节讲。新婚夫妻多恩爱，久别重逢该怎样？

破　斧

既破我斧，又缺我斨（qiāng）。周公东征，四国是皇。哀我人斯，亦孔之将。

【译文】

我的斧头已破损，我的斨子又损伤。周公兴兵去东征，威镇四国安四方。可怜我们这些人，真是有幸命未丧。

既破我斧，又缺我锜（qí）。周公东征，四国是吪（é）。哀我人斯，亦孔之嘉。

【译文】

我的斧头已砍破，我的凿子已残缺。周公兴兵去东征，四国臣民被感化。可怜我们这些人，有幸生还能回家。

既破我斧，又缺我銶（qiú）。周公东征，四国是遒。哀我人斯，亦孔之休。

【译文】

我的斧头已破损，缺口参差手中锹。周公兴兵去东征，四国平定不动摇。可怜我们这些人，有幸生还算命好。

伐　柯

伐柯如何？匪斧不克。取妻如何？匪媒不得。

【译文】

怎么砍伐斧头柄？没有斧头砍不成。要娶妻子怎么办？没有媒人娶不成。

伐柯伐柯，其则不远。我觏之子，笾（biān）豆有践。

【译文】

怎么砍伐斧头柄？标准就在你面前。我见那么些好姑娘，会摆餐具设酒宴。

九　罭

九罭（yù）之鱼，鳟鲂。我觏之子，衮衣绣裳。

【译文】

捕鱼用细网，捕到鳟和鲂。我见这个人，穿着绣龙五彩裳。

鸿飞遵渚，公归无所，于女信处。

【译文】

大雁沿着沙洲舞，你想回归没去处，再住两夜不要走。

鸿飞遵陆，公归不复，于女信宿。

【译文】

大雁沿着陆地飞，你若归去不再回，再住两夜别推诿。

是以有衮衣兮，无以我公归兮，无使我心悲兮。

【译文】

藏起你的绣龙衣，请你别走别回去，不要让我心伤悲。

狼 跋

狼跋其胡，载疐（zhì）其尾。公孙硕肤，赤舄（xì）几几。

【译文】

老狼前行踩下巴，后退又把长尾踏。公孙身材高又大，弯勾红鞋穿脚下。

狼疐其尾，载跋其胡。公孙硕肤，德音不瑕。

【译文】

老狼后退尾挡路，老狼前进踩颈肉。公孙身材高又大，声誉美好无瑕垢。

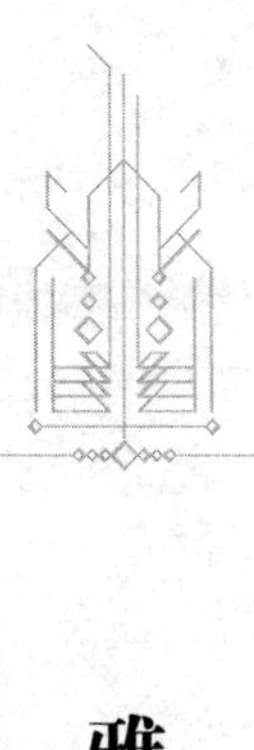

雅

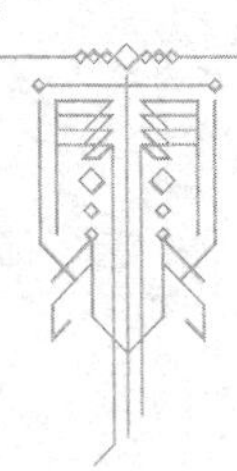

小雅·鹿鸣之什

鹿　鸣

呦呦鹿鸣，食野之苹。我有嘉宾，鼓瑟吹笙。吹笙鼓簧，承筐是将。人之好我，示我周行。

【译文】

鹿儿呦呦叫不停，呼唤同伴吃野苹。我有不少好嘉宾，席上弹瑟又吹笙。吹笙鼓簧声和声，捧上礼物竹筐盛。众位宾客关爱我，教我道理最欢迎。

呦呦鹿鸣，食野之蒿。我有嘉宾，德音孔昭。视民不恌（tiāo），君子是则是效。我有旨酒，嘉宾式燕以敖。

【译文】

野鹿呦呦不停叫，呼唤同伴吃青蒿。我的嘉宾真不少，品德高尚名声好。教人宽厚不轻佻，君子循规要仿效。我有美酒敬一杯，主客欢宴乐陶陶。

呦呦鹿鸣，食野之芩（qín）。我有嘉宾，鼓瑟鼓琴。鼓瑟鼓琴，和乐且湛。我有旨酒，以燕乐嘉宾之心。

【译文】

鹿儿呦呦不停叫，呼唤同伴吃芩草。我的嘉宾真不少，弹琴鼓瑟来相邀。琴瑟合奏真美妙，快乐气氛来笼罩。我有美酒敬一杯，欢宴宾客乐逍遥。

四　牡

四牡骓（fēi）骓，周道倭（wēi）迟。岂不怀归？王事靡盬（gǔ），我心伤悲。

【译文】

四匹公马快如飞，大路遥远又迂回。难道不想把家归？君王事儿做不完，我的心里好伤悲。

四牡骓骓，啴（tān）啴骆马，岂不怀归？王事靡盬，不遑启处。

【译文】

四匹公马不停蹄，累得骆马直喘气，难道不想把家归？王家差事做不完，哪有时间来休息。

翩翩者鵻（zhuī），载飞载下，集于苞栩。王事靡盬，不遑将父。

【译文】

翩翩鹁鸪飞又鸣，飞上飞下多高兴，落在丛丛柞树顶。王家差事做不完，要养老父也不行。

翩翩者鵻，载飞载止，集于苞杞。王事靡盬，不遑将母。

【译文】

翩翩鹁鸪任飞翔，飞飞停停好欢畅，歇在丛生杞树上。王家差事做不完，没空回家养亲娘。

驾彼四骆，载骤骎骎。岂不怀归？是用作歌，将母来谂（shěn）。

【译文】

四马驾车成一行，车儿急驰马蹄忙。难道不想回家乡？唱支歌儿诉衷肠，日思夜想我亲娘。

皇皇者华

皇皇者华，于彼原隰。駪（shēn）駪征夫，每怀靡及。

【译文】

灿烂夺目花似霞，开在高原和低洼。急急外出的臣下，担心不能把贤人效法。

我马维驹，六辔如濡。载驰载驱，周爰咨诹。

【译文】

驾起马儿真高骏，六条缰绳色泽新。赶着马儿快快跑，遍访贤人多问政。

我马维骐，六辔如丝。载驰载驱，周爰咨谋。

【译文】

我的马白底黑纹，手握如丝六根缰。赶着车儿快快奔，遍把贤人来访问。

我马维骆，六辔沃若。载驰载驱，周爰咨度。

【译文】

我马白身带黑鬃，六根缰绳有光泽。赶着车儿快快跑，遍访贤人多商榷。

我马维骃，六辔既均。载驰载驱，周爰咨询。

【译文】

我马黑白两相间，六根缰绳牵均匀。赶着车儿快快奔，遍访贤人多咨询。

常　棣

常棣之华，鄂不韡（wěi）韡。凡今之人，莫如兄弟。

【译文】

棠棣树上花儿开，花萼花蒂有光彩。试看如今世上人，唯有兄弟最挚爱。

死丧之威，兄弟孔怀。原隰裒（póu）矣，兄弟求矣。

【译文】

死亡到来最可怕，只有兄弟去关怀。他的尸体抛野外，只有兄弟来掩埋。

脊令在原，兄弟急难。每有良朋，况也永叹。

【译文】

脊令鸟落在高原，兄弟相救解危难。平时虽是好朋友，看你落难只长叹。

兄弟阋于墙，外御其务。每有良朋，烝也无戎。

【译文】

兄弟在家虽争吵，却能同心抗强暴。平时虽有好朋友，事到临头不帮助。

丧乱既平，既安且宁。虽有兄弟，不如友生。

【译文】

死丧祸乱都平定，日子安乐又宁静。虽有亲兄和亲弟，反觉不如朋友亲。

傧（bīn）尔笾豆，饮酒之饫。兄弟既具，和乐且孺。

【译文】

碗盏杯盘端上来，又是喝酒又吃菜。兄弟已经都来齐，家宴和乐多亲爱。

妻子好合，如鼓瑟琴。兄弟既翕，和乐且湛。

【译文】

情投意合妻子好，弹琴奏瑟同到老。兄弟感情很融洽，和睦相处乐陶陶。

宜尔室家，乐尔妻帑。是究是图，亶（dǎn）其然乎！

【译文】

妥善安排你家庭，妻子儿女乐开心。仔细考虑认真想，道理还真是这样。

伐　木

伐木丁丁，鸟鸣嘤嘤。出自幽谷，迁于乔木。嘤其鸣矣，求其友声。相彼鸟矣，犹求友声。矧伊人矣，不求友生。神之听之，终和且平。

【译文】

砍伐树木咚咚响，一群小鸟啾啾唱。小鸟从深谷飞出，一飞飞到高树上。一群小鸟啾啾叫，循声来把朋友找。看看那些小鸟儿，知道循声把友找。何况我们是人类，却不来把朋友找？神灵听说人相爱，保佑和平生活好。

伐木许许，酾（shī）酒有藇（xù）。既有肥羜（zhù），以速诸父。宁适不来，微我弗顾。于粲洒扫，陈馈八簋。既有肥牡，以速诸舅。宁适不来，微我有咎。

【译文】

伐木声音传四方，筛出美酒醇又香。宰杀肥嫩小羔羊，请我叔伯来品尝。情愿凑巧没有来，并非我将他们忘。房屋扫得真明亮，八盘好菜摆席上。宰杀一只肥公羊，请来外姓长辈来分享。宁可凑巧没有来，免叫说我有过错。

伐木于阪，酾酒有衍。笾豆有践，兄弟无远。民之失德，干糇以愆。有酒湑（xǔ）我，无酒酤我。坎坎鼓我，蹲蹲舞我。迨我暇矣，饮此湑矣。

【译文】

山坡上面来砍树，酒已满杯还要注。盘儿杯儿摆整齐，兄弟之间别相疏。人们为啥失交情，饭菜不周相交恶。家里有酒拿出来，没酒外面买一壶。咚咚鼓声来奏乐，摇动身子来跳舞。趁着闲暇好时光，把这美酒喝下肚。

天 保

天保定尔，亦孔之固。俾尔单厚，何福不除？俾尔多益，以莫不庶。

【译文】

上天保佑安定幸福，使你政权更加稳固。使你国家更加强大，什么幸福没有领受？赐你东西应有尽有，没有地方不富庶。

天保定尔，俾尔戬穀。罄无不宜，受天百禄。降尔遐福，维日不足。

【译文】

上天保佑安定幸福，赐你许许多多福禄。不如意事一件没有，享受上天众多福禄。上天给你降下大福，天天降福唯恐不足。

天保定尔，以莫不兴。如山如阜，如冈如陵。如川之方至，以莫不增。

【译文】

上天保佑你安宁，没有地方不兴盛。福如崇山大如丘，又像高冈和峻岭。犹如河流滚滚来，没有哪样不剧增。

吉蠲为饎（xī），是用孝享。禴祠烝尝，于公先王。君曰卜尔，万寿无疆。

【译文】

酒食清清爽爽，拿来祭祀祖上。春夏秋冬四季，祭祀先公先王。祖先替身说话，赐你万寿无疆。

神之吊矣，诒尔多福。民之质矣，日用饮食。群黎百姓，遍为尔德。

【译文】

先祖神灵已来到，赐你多福无烦恼。人民质朴又诚信，日常饮食不缺少。天下黎民老百姓，普遍道你德行好。

如月之恒，如日之升。如南山之寿，不骞不崩。如松柏之茂，无不尔或承。

【译文】

像月亮一样永恒，像太阳一样初升。像南山一样长寿，永不亏蚀不溃崩。像松柏一样常青，子孙永远继承。

采 薇

采薇采薇，薇亦作止。曰归曰归，岁亦莫止。靡室靡家，猃狁之故。不遑启居，猃狁之故。

【译文】

采呀采呀去采薇！薇菜刚刚发新芽。回呀回呀快回家，眼看岁暮又到来。离了亲人没有家，为跟猃狁去厮杀。不能安坐与定居，只因猃狁常为患。

采薇采薇，薇亦柔止。曰归曰归，心亦忧止。忧心烈烈，载饥载渴。我戍未定，靡使归聘。

【译文】

采呀采呀去采薇，薇菜刚刚发新芽。回呀回呀快回家，心里忧闷多牵挂。满腔忧愁如火焚，又饥又渴受煎熬。戍边差事无休止，书信难托捎回家。

采薇采薇，薇亦刚止。曰归曰归，岁亦阳止。王事靡盬，不遑启处。忧心孔疚，我行不来。

【译文】

采呀采呀去采薇，薇菜已老发枝杈。回呀回呀快回家，转眼十月又到啦。王事频频无休止，想要休息没闲暇。满怀忧愁太痛苦，生怕从此不回家。

彼尔维何？维常之华。彼路斯何？君子之车。戎车既驾，四牡业业。岂敢定居，一月三捷。

【译文】

什么花儿开得盛？棠棣花开密层层。什么车儿高又大？高大兵车将军乘。驾起兵车要出战，四匹壮马齐奔腾。边地怎敢图安居？一月要争几回胜。

驾彼四牡，四牡骙骙。君子所依，小人所腓。四牡翼翼，象弭鱼服。岂不日戒，猃狁孔棘。

【译文】

驾起兵车上前方，四匹公马强又壮。将帅靠车来作战，士兵靠车把身防。四匹马儿跑得齐，象牙弓袋用鱼皮。岂能不天天戒备警惕，因为猃狁入侵猛又急。

昔我往矣，杨柳依依。今我来思，雨雪霏霏。行道迟迟，载渴载饥。我心伤悲，莫知我哀！

【译文】

回想当初上征途，杨柳依依随风吹。如今回来路途中，大雪纷纷满天飞。道路漫长难行走，又渴又饥真劳累。满心伤感满腔悲，我的哀痛谁体会！

出车

我出我车，于彼牧矣。自天子所，谓我来矣。召彼仆夫，谓之载矣。王事多难，维其棘矣。

【译文】

推出战车马套上，驾到远郊养马场。我从天子身边来，奉命出征到四方。唤起马夫驾起车，赶快出征到边防。如今国家多忧患，事态紧急保边关。

我出我车，于彼郊矣。设此旐（zhào）矣，建彼旄矣。彼旟（yú）旐斯，胡不旆旆？忧心悄悄，仆夫况瘁。

【译文】

推出战车套马上，驾到郊外养马场。车上插起龟蛇旗，牦牛旗帜风中扬。旗上鹰隼有气势，何不上天展翅膀？我为战事心不安，马夫憔悴驾车忙。

王命南仲，往城于方。出车彭彭，旂旐央央。天子命我，城彼朔方。赫赫南仲，玁狁于襄。

【译文】

王命南仲大将军，北方边境筑城墙。兵车出动浩荡荡，龟蛇龙旗明晃晃。大王命我赴北方，边境修筑御敌墙。威名赫赫南仲子，将那狎狁扫精光。

昔我往矣，黍稷方华。今我来思，雨雪载涂。王事多难，不遑启居。岂不怀归？畏此简书。

【译文】

当初北征离家乡，黍稷茂盛正扬花。如今路过这地方，大雪飘洒和泥浆。天子政事多忧患，要想休整无空闲。难道不想回家园，害怕军令太威严。

喓喓草虫，趯趯阜螽。未见君子，忧心忡忡。既见君子，我心则降。赫赫南仲，薄伐西戎。

【译文】

草虫啾啾不住叫，蚱蜢嬉戏蹦又跳。未曾看见南仲君，心里忧愁又烦躁；如今见了南仲面，心才放下脸才笑。威名赫赫南仲子，又把西戎去征讨。

春日迟迟，卉木萋萋。仓庚喈喈，采蘩祁祁。执讯获丑，薄言还归。赫赫南仲，猃狁于夷。

【译文】

春天日子渐渐长，草木繁茂叶苍苍。黄鹂吱喳枝头唱，蘩草采了一筐筐。捕获敌兵和敌将，胜利归来返家乡。威名赫赫南仲子，平定猃狁安国邦。

杕　杜

有杕之杜，有睆其实。王事靡盬，继嗣我日。日月阳止，女心伤止，征夫遑止。

【译文】

甘棠一株长路旁，果实累累挂树上。国家差事无休止，服役期限又延长。转眼又是十月到，满心忧伤想我郎，丈夫有空应回乡。

有杕之杜，其叶萋萋。王事靡盬，我心伤悲。卉木萋止，女心悲止，征夫归止。

【译文】

一株甘棠孤零零，叶子长得真茂盛。国家差事无止境，我心凄凉又悲愤。草木逢春色青青，我见春色好伤心，丈夫应该回家门。

陟彼北山，言采其杞。王事靡盬，忧我父母。檀车幝（chǎn）幝，四牡痯痯（guǎn），征夫不远。

【译文】

漫步登上北山上，采集枸杞众人忙。王事战事不停歇，担心父母无人养。檀木车子已破损，四马疲劳步踉跄，征人归路期不长。

匪载匪来，忧心孔疚。期逝不至，而多为恤。卜筮偕止，会言近止，征夫迩止。

【译文】

没有车乘难归来，忧心忡忡苦怀想。归期已过人不还，忧愁重重心惆怅。占卜算卦说吉祥，聚会归期在眼前，丈夫很快回故乡。

鱼丽

鱼丽于罶，鲿（cháng）鲨。君子有酒，旨且多。

【译文】

鱼儿落鱼篓，有鲿又有鲨。主人有美酒，味美量也多。

鱼丽于罶（liǔ），鲂鳢。君子有酒，多且旨。

【译文】

鱼儿落鱼篓，有鲂还有鳢。主人有美酒，味美量也多。

鱼丽于罶，鰋（yǎn）鲤。君子有酒，旨且有。

【译文】

鱼儿落鱼篓，有鰋又有鲤。主人有美酒，味美量也多。

物其多矣，维其嘉矣。

【译文】

酒肴真多呀，味道真美好。

物其旨矣，维其偕矣。

【译文】

酒肴可口呀，品种齐全呀。

物其有矣，维其时矣。

【译文】

菜肴丰盛呀，都是时令新鲜佳品。

小雅·南有嘉鱼之什

南有嘉鱼

南有嘉鱼，烝然罩罩。君子有酒，嘉宾式燕以乐。

【译文】

南方鱼儿美，成群游水中。主人有好酒，宴会宾主乐融融。

南有嘉鱼，烝然汕汕。君子有酒，嘉宾式燕以衎（kàn）。

【译文】

南方鱼儿美，结队水中游。主人有好酒，宾主同饮醉方休。

南有樛木，甘瓠累之。君子有酒，嘉宾式燕绥之。

【译文】

南方有树朝下弯，葫芦藤儿把它缠。主人有酒装满罐，宾主同饮好喜欢。

翩翩者鵻，烝然来思。君子有酒，嘉宾式燕又思。

【译文】

鹁鸪翩翩飞，成群又飞回。主人有好酒，宾主劝酒乐。

南山有台

南山有台，北山有莱。乐只君子，邦家之基。乐只君子，万寿无期。

【译文】

南山莎草长得密，北山遍地长野藜。得到君子多快乐，国家靠你作根基。得到君子多快乐，祝你万寿永无期。

南山有桑，北山有杨。乐只君子，邦家之光。乐只君子，万寿无疆。

【译文】

南山有嫩桑，北山长白杨。得到君子多快乐，国家有你增荣光。得到君子多快乐，祝你万寿永无疆。

南山有杞，北山有李。乐只君子，民之父母。乐只君子，德音不已。

【译文】

南山长枸杞，红李生北山。得到君子真快乐，百姓尊他父母官。得到君子真快乐，他的美名永相传。

南山有栲（kǎo），北山有杻（niǔ）。乐只君子，遐不眉寿？乐只君子，德音是茂。

【译文】

南山长山樗，北山有菩提。得到君子真快乐，怎不盼你永长寿？得到君子真快乐，你的美名传九州。

南山有枸，北山有楰（yú）。乐只君子，遐不黄耇？乐只君子，保艾尔后。

【译文】

南山长枸树，北山生苦楸。得到君子真快乐，怎不盼你永长寿？得到君子真快乐，祝他后代平安长久。

蓼 萧

蓼彼萧斯，零露湑兮。既见君子，我心写兮。燕笑语兮，是以有誉处兮。

【译文】

蒿草大又长，露珠闪闪亮。见到君子您，心情好欢畅。宴饮又谈笑，大家喜洋洋。

蓼彼萧斯，零露瀼瀼。既见君子，为龙为光。其德不爽，寿考不忘。

【译文】

蒿草大又长，露水晶晶亮。见到君子您，受到恩泽和荣光。您的品德真高尚，祝您万寿永无疆。

蓼彼萧斯，零露泥泥。既见君子，孔燕岂弟。宜兄宜弟，令德寿岂。

【译文】

蒿草大又长，露珠湿淋淋。见到君子您，和蔼又可亲。相互称兄弟，美德长寿无止境。

蓼彼萧斯，零露浓浓。既见君子，鞗（tiáo）革冲冲。和鸾雝雝，万福攸同。

【译文】

蒿草密成丛，叶上露珠浓。见到君子您，下垂马辔佩黄铜。鸾铃响叮当，赐福于您永无穷。

湛露

湛湛露斯，匪阳不晞。厌厌夜饮，不醉无归。

【译文】

露水串串重又浓，太阳不出不会干。夜里饮酒多安闲，酒不喝醉不归还。

湛湛露斯，在彼丰草。厌厌夜饮，在宗载考。

【译文】

浓浓露水闪又亮，串串挂在草丛上。夜里饮酒多舒畅，宗室宴酒乐钟响。

湛湛露斯，在彼杞棘。显允君子，莫不令德。

【译文】

浓浓露水闪闪亮，挂在枸杞酸枣上。知礼诚实贵宾们，品德美好有名望。

其桐其椅，其实离离。岂弟君子，莫不令仪。

【译文】

梧桐椅树长得好，果实累累树上吊。和气平易贵宾们，人人都有好仪表。

彤　弓

彤弓弨（chāo）兮，受言藏之。我有嘉宾，中心贶（kuàng）之。钟鼓既设，一朝飨之。

【译文】

红弓崭新弓弦新，赐给功臣藏家中。我有功臣做嘉宾，诚心赠物表恩宠。钟鼓乐器齐摆好，从早饮酒到日中。

彤弓弨兮，受言载之。我有嘉宾，中心喜之。钟鼓既设，一朝右之。

【译文】

红弓弨新弓弦新，赐给功臣藏室中。我有功臣做嘉宾，心里欢喜现笑容。钟鼓乐器齐摆好，从早饮酒到日中。

彤弓弨兮，受言櫜（gāo）之。我有嘉宾，中心好之。钟鼓既设，一朝酬之。

【译文】

红弓弨新弓弦新，功臣受赐插袋中。我有功臣做嘉宾，无限宠爱喜气浓。钟鼓乐器齐摆好，从早饮酒到日中。

菁菁者莪

菁菁者莪（é），在彼中阿。既见君子，乐且有仪。

【译文】

莪蒿枝繁叶又茂，高高生在那山坳。如今见到君子您，心里快乐有楷模。

菁菁者莪，在彼中沚。既见君子，我心则喜。

【译文】

莪蒿枝繁叶又茂，生在河中小洲上。如今见到君子您，心里欢喜又舒畅。

菁菁者莪，在彼中陵。既见君子，锡我百朋。

【译文】

莪蒿枝繁叶又茂，高高土山丛丛生。如今见到君子您，赐我钱财千百文。

泛泛杨舟，载沉载浮。既见君子，我心则休。

【译文】

杨木小船水上漂，沉沉浮浮浪中摇。如今见到君子您，我心快乐无烦恼。

六　月

六月栖栖，戎车既饬。四牡骙骙，载是常服。猃狁孔炽，我是用急。王于出征，以匡王国。

【译文】

六月出兵不安宁，备战兵车已修整。四匹公马真强劲，载着军旗师出征。可恨猃狁太凶狠，扰我边防形势紧。周王命令要出征，保我国家与百姓。

比物四骊，闲之维则。维此六月，既成我服。我服既成，于三十里。王于出征，以佐天子。

【译文】

四匹黑马选得壮，驾马技术练得忙。就在盛夏六月里，军服制成好穿上。新制军装穿上身，日行卅里赴边疆。周王命令要出征，帮助天子保国防。

四牡修广，其大有颙（yóng）。薄伐猃狁，以奏肤公。有严有翼，共武之服。共武之服，以定王国。

【译文】

四匹公马高又壮，大头大身体肥胖。同心协力伐猃狁，保家卫国大功创。将帅威武又谨严，认真防卫来打仗。认真防卫来打仗，保我国家卫我王。

猃狁匪茹，整居焦获。侵镐及方，至于泾阳。织文鸟章，白旆央央。元戎十乘，以先启行。

【译文】

猃狁不弱不窝囊，驻兵焦获战线长。侵略镐地和方地，深入甘肃到泾阳。我军军旗绘鸟象，军旗飘带色泽亮。大型兵车有十乘，开赴战场上前方。

戎车既安，如轾如轩。四牡既佶（jí），既佶且闲。薄伐猃狁，至于大原。文武吉甫，万邦为宪。

【译文】

出征兵车已修全，俯仰高低任运转。四匹公马真雄壮，驾驶壮健马儿好娴熟。同心协力伐猃狁，驱赶敌人到太原。能文能武尹吉甫，四方诸侯好榜样。

吉甫燕喜，既多受祉。来归自镐，我行永久。饮御诸友，炰（páo）鳖脍鲤。侯谁在矣？张仲孝友。

【译文】

宴请吉甫庆战功，接受赏赐多吉祥。自从镐地凯旋归，路上行军日子长。邀请朋友喝喜酒，蒸鳖脍鲤佳肴香。宴席座中还有谁？孝子张仲有名望。

采　芑

薄言采芑，于彼新田，于此菑（zī）亩。方叔莅止，其车三千，师干之试。方叔率止，乘其四骐，四骐翼翼。路车有奭（shì），簟（diàn）茀（fú）鱼服，钩膺鞗（tiáo）革。

【译文】

采呀采呀采苦菜，走到新田边上采，又到那边新垦田。方叔亲临来检验，兵车配备共三千，士兵把武勤操练。方叔领兵上前线，四马缰绳手中拿，四匹青鬃肩并肩。朱漆战车颜色鲜，鱼皮箭袋细竹帘，马辔马勒光耀眼。

薄言采芑，于彼新田，于此中乡。方叔莅止，其车三千，旂旐央央。方叔率止，约軝错衡，八鸾玱玱。服其命服，朱芾斯皇，有玱葱珩。

【译文】

采呀采呀采苦菜，走到新田边上采，又到那边新垦田。方叔亲临来检验，兵车配备共三千，龙旗龟幡颜色艳。方叔领兵上前线，皮饰车毂雕花辕，八只鸾铃声声响。王赐官服身上穿，朱红皮服多辉煌，绿色玉佩响叮当。

鴥（yù）彼飞隼，其飞戾天，亦集爰止。方叔莅止，其车三千，师干之试。方叔率止，钲人伐鼓，陈师鞠旅。显允方叔，伐鼓渊渊，振旅阗阗。

【译文】

鹰隼天空飞得高，一飞飞到九重霄，飞来停息落地面。方叔亲临来检验，兵车配备共三千，士兵把武勤操练。击铙击鼓如雷鸣，列队誓师好庄严。方叔军纪明又信，击鼓声声号令传，训练士兵击鼓点。

蠢尔蛮荆，大邦为仇！方叔元老，克壮其犹。方叔率止，执讯获丑。戎车啴（tān）啴，啴啴焞（tuī）焞，如霆如雷。显允方叔，征伐猃狁，蛮荆来威。

【译文】

荆州蛮族太愚蠢，敢把周朝做敌人。方叔朝中元老臣，能谋善断计策神。方叔领兵去出征，打得敌人束手擒。兵车威武又雄壮，人马众多声浩荡，势如雷霆震乾坤。方叔军纪明又信，荆蛮畏服已惊心。

车攻

我车既攻，我马既同。四牡庞庞，驾言徂东。

【译文】

猎车已修牢，马匹已选好。四马壮又高，驾车向东跑。

田车既好，四牡孔阜。东有甫草，驾言行狩。

【译文】

猎车修得很完好，四匹公马大又高。东都甫田有草原，驾车打猎走一遭。

之子于苗，选徒嚣嚣。建旐设旄，搏兽于敖。

【译文】

天子出去要猎狩，随从众多跟着走。树起旗子插上旄，前往敖地捕禽兽。

驾彼四牡，四牡奕奕。赤芾金舄，会同有绎。

【译文】

驾着四匹马儿来，四马从容又轻快。大红蔽膝金头靴，一起会猎好气派。

决拾既佽（cì），弓矢既调。射夫既同，助我举柴。

【译文】

扳指护臂全套牢，弓箭搭配已协调。射手协助来围剿，帮天子把猎物装载好。

四黄既驾，两骖不猗。不失其驰，舍矢如破。

【译文】

四匹黄马驾车忙，两旁骖马不偏向。车马驰骋不乱套，箭箭射出有杀伤。

萧萧马鸣，悠悠旆旌。徒御不惊，大庖不盈。

【译文】

马儿悠闲地长啸，旌旗迎风悠飘飘。驭手机警又严肃，厨房野味真不少。

之子于征，有闻无声。允矣君子，展也大成。

【译文】

天子猎罢归京城，人马肃静寂无声。天子确实很贤能，会猎胜利功有成。

吉　日

吉日维戊，既伯既祷。田车既好，四牡孔阜。升彼大阜，从其群丑。

【译文】

时逢戊辰日子好，祭了马祖又祈祷。猎车坚固又灵巧，四匹公马满身膘。驾车登上大山坡，追逐群兽飞快跑。

吉日庚午，既差我马。兽之所同，麀鹿麌（yǔ）麌。漆沮之从，天子之所。

【译文】

庚午吉日时辰巧，猎马已经选择好。查看群兽聚集地，鹿儿来往真不少。驱逐漆沮岸旁兽，正是天子打猎道。

瞻彼中原，其祁孔有。儦儦俟俟，或群或友。悉率左右，以燕天子。

【译文】

放眼眺望原野上，各种大兽实在多。众兽行走急匆匆，三五成群结队游。命令左右来围猎，好让周王尽欢乐。

既张我弓，既挟我矢。发彼小豝，殪此大兕。以御宾客，且以酌醴。

【译文】

按好我的弓上弦，拔出箭儿拿在手。一箭射中小野猪，再发射死大野牛。烹调野味宴宾客，做成佳肴好下酒。

小雅·鸿雁之什

鸿　雁

鸿雁于飞，肃肃其羽。之子于征，劬劳于野。爰及矜人，哀此鳏寡。

【译文】

鸿雁高飞要远行，两翅发出沙沙声。这人服役出远门，野地做工受苦辛。同伴都是穷苦人，鳏寡孤独更酸心。

鸿雁于飞，集于中泽。之子于垣，百堵皆作。虽则劬劳，其究安宅。

【译文】

鸿雁高飞要远行，休息聚集沼泽里。这人筑墙修王宫，百丈高墙全筑起。虽然辛苦来做工，要想安居没有份。

鸿雁于飞，哀鸣嗷嗷。维此哲人，谓我劬劳。维彼愚人，谓我宣骄。

【译文】

大雁远飞翔，哀鸣声凄凉。只有明白人，说我辛苦忙。那些愚昧者，说我讲排场。

庭　燎

夜如何其？夜未央。庭燎之光。君子至止，鸾声将将。

【译文】

现在夜里啥时光？漫漫长夜天不亮。是那火炬在闪光。诸侯朝见快来到，听见车铃叮当响。

夜如何其？夜未艾。庭燎晢（zhé）晢。君子至止，鸾声哕（huì）哕。

【译文】

现在夜里啥时光？夜色蒙蒙天未亮。是那火炬明晃晃。诸侯朝见快来到，铃声渐近响叮当。

夜如何其？夜乡晨。庭燎有辉。君子至止，言观其旂。

【译文】

现在夜里啥时光？长夜将尽天快亮。火炬渐熄烟气香。诸侯朝见已来到，只见旌旗随风扬。

沔　水

沔彼流水，朝宗于海。鴥（yù）彼飞隼，载飞载止。嗟我兄弟，邦人诸友。莫肯念乱，谁无父母。

【译文】

流水盈盈向远方，百川归海成汪洋。天空鸮鹰任疾飞，飞飞停停不着忙。可叹同姓诸兄弟，可叹朋友和同乡。无人考虑国事乱，人们难道没爹娘？

沔彼流水，其流汤汤。鴥彼飞隼，载飞载扬。念彼不迹，载起载行。心之忧矣，不可弭忘。

【译文】

流水滔滔不停息，浩浩荡荡入海洋。鸮鹰空中疾飞过，高高低低任翱翔。君臣做事没准则，坐立不安我惆怅。心忧国事多忧伤，终日焦虑心难忘。

鴥彼飞隼，率彼中陵。民之讹言，宁莫之惩。我友敬矣，谗言其兴。

【译文】

天空鸮鹰疾飞过，沿着山陵任飞行。民间谣言四处起，全然无人去澄清。我的朋友要小心，谣言岂能让盛行。

鹤　鸣

鹤鸣于九皋，声闻于野。鱼潜在渊，或在于渚。乐彼之园，爰有树檀，其下维萚。它山之石，可以为错。

【译文】

沼泽曲折白鹤叫，声音原野上回旋。鱼儿潜伏在深渊，有时栖身在浅滩。美丽花园逗人爱，其中生长有紫檀，树下落叶铺满园。它山石头硬又坚，可做琢玉雕玉钻。

鹤鸣于九皋，声闻于天。鱼在于渚，或潜在渊。乐彼之园，爰有树檀，其下维榖（gǔ）。它山之石，可以攻玉。

【译文】

沼泽曲折白鹤叫，声音传得高又远。鱼儿栖身在浅滩，有时潜入到深渊。美丽花园逗人爱，园里生长有香檀，还有楮树长下边。它山石头硬又坚，来做玉石需磨研。

祈　父

祈父！予王之爪牙。胡转予于恤？靡所止居。

【译文】

大司马呀大司马！你是大王恶爪牙。为啥调我到战场？害我无处来安身。

祈父！予王之爪士。胡转予于恤？靡所底止。

【译文】

大司马呀大司马！你是大王恶爪牙。为啥调我到战场？害我无家难栖身。

祈父！亶不聪。胡转予于恤？有母之尸饔（yōng）。

【译文】

大司马呀大司马！你是一个糊涂蛋！为啥调我到战场？服役在外母不养。

白驹

皎皎白驹，食我场苗。絷（zhí）之维之，以永今朝。所谓伊人，于焉逍遥。

【译文】

如雪小白驹，吃我田中苗。绳索系住它，在此长居留。我那好贤人，何处乐逍遥？

皎皎白驹，食我场藿。絷之维之，以永今夕。所谓伊人，于焉嘉客。

【译文】

皎洁小白马，园中吃豆叶。绳索系住它，在此长居留。我那好朋友，谁家去做客。

皎皎白驹，贲然来思。尔公尔侯，逸豫无期。慎尔优游，勉尔遁思。

【译文】

浑身皎洁小白马，风驰电掣向前奔。你是侯伯或大公，没有定期来安闲。安闲游乐不过度，切勿避世去隐遁。

皎皎白驹，在彼空谷。生刍一束，其人如玉。毋金玉尔音，而有遐心。

【译文】

浑身皎洁小白马，在那山谷自在跑。青草一捆作饲料，贤人品行如美玉。别后音书莫吝惜，心存疏远非知交。

黄　鸟

黄鸟黄鸟，无集于榖，无啄我粟。此邦之人，不我肯穀。言旋言归，复我邦族。

【译文】

小黄鸟呀小黄鸟，不要聚集楮树上，不要吃我米和粮。这里有人真是坏，不肯将我来善待。我想回去快回去，回到家乡不再来。

黄鸟黄鸟，无集于桑，无啄我粱。此邦之人，不可与明。言旋言归，复我诸兄。

【译文】

小黄鸟呀小黄鸟，不要停在桑树上，不要啄食我高粱。这里有人真是坏，不守信用真荒唐。我想回去快回去，回到家乡见兄长。

黄鸟黄鸟，无集于栩，无啄我黍。此邦之人，不可与处。言旋言归，复我诸父。

【译文】

小黄鸟呀小黄鸟，不要聚集栎树上，不要吃我玉米粮。这里有人真是坏，没法共处相来往。我想回去快回去，去见伯叔回家乡。

我行其野

我行其野，蔽芾其樗（chū）。昏姻之故，言就尔居。尔不我畜，复我邦家。

【译文】

我在郊外路独行，臭椿枝叶长满树。因为结婚成姻缘，才来和你一块住。你却无情不爱我，只好回家当弃妇。

我行其野，言采其蓫（chù）。昏姻之故，言就尔宿。尔不我畜，言归斯复。

【译文】

我在郊外路独行，野外来摘羊蹄菜。因为结婚成姻缘，我才住到你家来。你再不来把我爱，只好回到娘家待。

我行其野，言采其葍（fú）。不思旧姻，求尔新特。成不以富，亦祇以异。

【译文】

我在郊外路独行，路上采摘那葍菜。狠心不管旧妻在，却又来把新人爱。并非她家比我富，是你变心良心坏。

斯干

秩秩斯干，幽幽南山。如竹苞矣，如松茂矣。兄及弟矣，式相好矣，无相犹矣。

【译文】

流水清清小溪涧，林木幽幽终南山。绿竹苍翠枝繁盛，青松茂密满山峦。兄弟同住多和睦，相亲相爱心相关，胸襟坦白不欺瞒。

似续妣祖，筑室百堵。西南其户。爰居爰处，爰笑爰语。

【译文】

继承祖先的遗愿，盖起宫室千百间。门窗朝西又朝南。兄弟一家同居住，亲人团聚笑语欢。

约之阁阁，椓（zhuó）之橐橐。风雨攸除，鸟鼠攸去，君子攸芋（yǔ）。

【译文】

捆紧木框筑泥墙，用力夯土咚咚响。彼此不怕风和雨，麻雀老鼠都赶光，君子住得多舒畅。

如跂斯翼，如矢斯棘，如鸟斯革。如翚（huī）斯飞，君子攸跻。

【译文】

端正好像人站立，齐整有如利箭急，宽广好似鸟展翼。华丽赛过锦毛鸡，君子登堂心欢喜。

殖殖其庭，有觉其楹。哙（kuài）哙其正，哕（huì）哕其冥。君子攸宁。

【译文】

庭院宽阔平又正，屋柱正直高又挺。白天光线多明亮，夜晚昏暗真幽静。君子住着心安定。

下莞(guān)上簟，乃安斯寝。乃寝乃兴，乃占我梦。吉梦维何？维熊维罴，维虺维蛇。

【译文】

上铺竹席下铺草，高枕无忧没烦恼。睡得早来起得早，占梦来卜吉和凶。好梦梦见啥东西？是熊是罴显吉兆，有虺有蛇好运道。

大人占之：维熊维罴，男子之祥。维虺维蛇，女子之祥。

【译文】

太卜占梦来禀告：梦中能把熊罴见，这是生男的征兆；梦中把蝮蛇见到，这是生女的征兆。

乃生男子，载寝之床，载衣之裳，载弄之璋。其泣喤喤，朱芾斯皇，室家君王。

【译文】

男孩若生降，让他睡床上，给他穿衣裳，让他玩玉璋。哭声真洪亮，将来盛服定辉煌，成家立业做君王。

乃生女子，载寝之地，载衣之裼（xī），载弄之瓦。无非无仪，唯酒食是议，无父母诒罹。

【译文】

如果生个小姑娘，给她铺席睡地板，一条小被裹身上，纺线瓦锤给她玩。慎勿多言要柔顺，料理家务会烧饭，别给父母添麻烦。

无　羊

谁谓尔无羊？三百维群。谁谓尔无牛？九十其犉（chún）。尔羊来思，其角濈（jí）濈。尔牛来思，其耳湿湿。

【译文】

谁说你家没有羊？三百成群遍山丘。谁说你家没有牛？黄牛就有九十头。羊群缓缓走过来，一片犄角满山沟。牛群缓缓走过来，摇摇耳朵慢悠悠。

或降于阿，或饮于池，或寝或讹。尔牧来思，何蓑何笠，或负其糇（hóu）。三十维物，尔牲则具。

【译文】

有的牛羊下山岗，有的饮水在池旁，有的走动有的躺。你的牧人走过来，披着蓑衣戴着笠，背着干馍或小米。各色牛羊三十种，祭祀品种已够用。

尔牧来思，以薪以蒸，以雌以雄。尔羊来思，矜矜兢兢，不骞不崩。麾之以肱，毕来既升。

【译文】

你的牧人已归来，一路捡草又砍柴，放牧牛羊分雌雄。你的羊群平安回，个个体壮膘又肥，没有减少没有亏。抬起手臂挥一挥，一起跑来紧相随。

牧人乃梦，众维鱼矣，旐维旟矣。大人占之：众维鱼矣，实维丰年。旐维旟矣，室家溱溱。

【译文】

牧人夜里做个梦，梦见蝗虫和鱼儿，龟蛇旗鸟旗蔽天日。太卜为他来占卦："梦见蝗虫和鱼儿，预兆丰年真可喜；龟蛇旗鸟旗蔽天日，人丁兴旺真吉利。

小雅·节南山之什

节南山

节彼南山，维石岩岩。赫赫师尹，民具尔瞻。忧心如惔（tán），不敢戏谈。国既卒斩，何用不监。

【译文】

终南山，山峻峭，崖石累累高又高。赫赫有名尹太师，民众都在把他瞧。忧民如焚受煎熬，不敢议论发牢骚。国家就要衰亡了，如何还未觉察到。

节彼南山，有实其猗。赫赫师尹，不平谓何？天方荐瘥（cuó），丧乱弘多。民言无嘉，憯（cǎn）莫惩嗟。

【译文】

终南山，山峻峭，有凹有凸弯不少。赫赫有名尹太师，为何办事不公道？上天反复降灾祸，死丧祸乱实在多。民怨沸腾没好话，你却竟然不悔过。

尹氏大师，维周之氐。秉国之均，四方是维。天子是毗，俾民不迷。不吊昊天，不宜空我师。

【译文】

身居要职尹太师，你是周朝的基石。国家权柄你掌握，诸侯靠你来维持。天子靠你来辅佐，百姓靠你把路指。可恨老天不长眼，让他刮尽民膏脂。

弗躬弗亲，庶民弗信。弗问弗仕，勿罔君子。式夷式已，无小人殆。琐琐姻亚，则无膴（wǔ）仕。

【译文】

王不亲自理朝政，百姓难把朝廷信。人才不问又不用，天子就要受欺蒙。办事合理又公平，不要亲近众小人。亲戚既然无才能，就不要委以重任。

昊天不佣，降此鞠讻（xiōng）。昊天不惠，降此大戾。君子如届，俾民心阕。君子如夷，恶怒是违。

【译文】

老天爷呀不公平，降下灾祸害百姓。老天爷呀太不仁，降下灾难活不成。天子做事若英明，民众乱心能安平。天子做事若公平，民众愤怒能平静。

不吊昊天，乱靡有定。式月斯生，俾民不宁。忧心如酲，谁秉国成。不自为政，卒劳百姓。

【译文】

上天不好无恩情，祸乱从来不曾停。年年月月都发生，使得百姓不安宁。忧愁扰得心如醉，究竟让谁掌权柄？天子不管天下事，结果苦了老百姓。

驾彼四牡，四牡项领。我瞻四方，蹙蹙靡所骋。

【译文】

驾起四匹大公马，马儿肥壮粗脖颈。我望四方乱纷纷，天地太窄难驰骋。

方茂尔恶，相尔矛矣。既夷既怿，如相酬矣。

【译文】

尹氏作恶真不少，就像一柄杀人矛。铲除恶人开心日，举酒相庆乐陶陶。

昊天不平，我王不宁。不惩其心，覆怨其正。

【译文】

上天多么不公平，使得我王不安宁。太师不改邪恶心，反而怨恨正直人。

家父作诵，以究王讻。式讹尔心，以畜万邦。

【译文】

家父作诗来诵吟，追究祸乱寻原因。希望我王心变正，治理天下享太平。

正　月

正月繁霜，我心忧伤。民之讹言，亦孔之将。念我独兮，忧心京京。哀我小心，癙（shǔ）忧以痒。

【译文】

四月（正月：朱熹《诗集传》认为指夏历四月）下霜不正常，我见灾异心忧伤。民众都把谣言讲，沸沸扬扬传得广。想我一人多孤单，愁思绵绵常惆怅。胆小怕事真可哀，又怕又闷病一场。

父母生我，胡俾我瘉？不自我先，不自我后。好言自口，莠言自口。忧心愈愈，是以有侮。

【译文】

父母生我在人间，为何使我遭灾难？何不提前若干年，何不退后若干年。好话出自人之口，坏话同样出人口。见此我心更忧愁，因此常受人欺侮。

忧心茕茕，念我无禄。民之无辜，并其臣仆。哀我人斯，于何从禄？瞻乌爰止，于谁之屋？

【译文】

忧思深长难排遣，想我不幸遭忧患。民众无辜受磨难，都被当做奴隶看。哀叹我们这些人，将到何处寻乐园？看那乌鸦落一边，那是谁家的屋檐？

瞻彼中林，侯薪侯蒸。民今方殆，视天梦梦。既克有定，靡人弗胜。有皇上帝，伊谁云憎？

【译文】

看那树林密层层，粗干细枝交错生。人民处境正危险，看那上天昏沉沉。世上一切你主宰，没人能够违天命。伟大上帝我问你，究竟你恨什么人？

谓山盖卑，为冈为陵。民之讹言，宁莫之惩。召彼故老，讯之占梦。具曰予圣，谁知乌之雌雄？

【译文】

人说山低不高峻，其实还是冈和岭。民间谣言又发生，竟然不能去查禁。却召老臣来询问，再请太卜占吉凶。都说自己是圣人，乌鸦雌雄谁能认？

谓天盖高，不敢不局。谓地盖厚，不敢不蹐（jí）。维号斯言，有伦有脊。哀今之人，胡为虺蜴？

【译文】

人说上天高又高，走路不敢不弯腰。人说大地厚又厚，走路慢慢移开脚。人们说出这些话，是有道理可参考。哀叹当今世上人，为何像虺蜴胆子小？

瞻彼阪田，有菀其特。天之扤（wù）我，如不我克。彼求我则，如不我得。执我仇仇，亦不我力。

【译文】

看那山坡坡上田，一片茂密长禾苗。上天拼命摧残我，唯恐不能制服我。当初朝廷需要我，找我唯恐找不到。邀去却又摞一边，又不要我去效劳。

心之忧矣，如或结之。今兹之正，胡然厉矣？燎之方扬，宁或灭之？赫赫宗周，褒姒灭之。

【译文】

我的忧愁已不少，就像绳子结疙瘩。当今朝政弊太多，为啥暴虐乱如麻？野火蓬蓬正燃烧，有谁能够浇熄它？镐京曾经多显赫，却让褒姒灭亡它。

终其永怀，又窘阴雨。其车既载，乃弃尔辅。载输尔载，将伯助予。

【译文】

我的忧愁已不少，阴雨绵绵添烦恼。车上货物已装好，却把拦板全抽光。等到货物遍地落，请人帮忙已晚了。

无弃尔辅，员（yún）于尔辐。屡顾尔仆，不输尔载。终逾绝险，曾是不意。

【译文】

请别丢掉车拦板，还要加粗车轮辐。经常照顾你车夫，这样才不落货物。这样才能渡险境，你却总是不在乎。

鱼在于沼，亦匪克乐。潜虽伏矣，亦孔之炤。忧心惨惨，念国之为虐。

【译文】

鱼儿虽在池里游，并不能够乐逍遥。既然潜在深水中，水清仍旧躲不掉。心中不安常忧虑，挂念朝政太残暴。

彼有旨酒，又有嘉殽。洽比其邻，昏姻孔云。念我独兮，忧心殷殷。

【译文】

他有美酒一桶桶，又有嘉肴数不清。拉拢只是身边人，亲朋好友相亲近。想我孤零无依靠，忧思深长无止境。

佌（cǐ）佌彼有屋，蔌（sù）蔌方有谷。民今之无禄，天夭是椓（zhuó）。哿（gě）矣富人，哀此茕独!

【译文】

卑劣小人有房屋，鄙陋家伙有五谷。如今百姓无幸福，天降灾祸真痛苦。富人享福乐哈哈，可怜穷人太孤独。

十月之交

十月之交，朔月辛卯。日有食之，亦孔之丑。彼月而微，此日而微。今此下民，亦孔之哀。

【译文】

九月刚过十月到，这月初一是辛卯。日食这天发生了，这种征兆太不好。上次月蚀光很少，这次月蚀无光耀。如今天下老百姓，真是可怜受煎熬。

日月告凶，不用其行。四国无政，不用其良。彼月而食，则维其常。此日而食，于何不臧！

【译文】

日亏月蚀显凶兆，不再遵循常轨道。四方之国无善政，贤臣良才全不要。上次月亮被吞食，还算平常屡见到。这次太阳遭吞食，坏事降临恐不妙！

烨烨震电，不宁不令。百川沸腾，山冢崒（zú）崩。高岸为谷，深谷为陵。哀今之人，胡憯（cǎn）莫惩！

【译文】

雷声隆隆电光闪，政教不善民不安。江河横流大泛滥，大山崩溃变平川。高高山涯变深谷，深深河谷变高山。可叹如今当政人，不曾警戒后悔晚。

皇父卿士，番维司徒，家伯维宰，仲允膳夫。棸子内史，蹶维趣马。楀维师氏，艳妻煽方处。

【译文】

六卿之首是皇父，番氏当上大司徒，朝廷典籍家伯掌，仲允管的是御厨。棸子充当内史官，蹶氏掌握车马权。楀氏充当监察官，褒姒受宠坏事干。

抑此皇父，岂曰不时？胡为我作，不即我谋？彻我墙屋，田卒污莱。曰予不戕，礼则然矣。

【译文】

提起皇父叫人气，役使百姓违农时。为啥派我服劳役，也不商量就通知。我家墙屋被拆毁，田地荒芜草淹没。还说："残害百姓不是我，我照礼法该如此。"

皇父孔圣，作都于向。择三有事，亶侯多藏。不慭（yìn）遗一老，俾守我王。择有车马，以居徂向。

【译文】

皇父自认很聪明，要在向邑建新城。选择三个管事人，钱财多得数不清。不肯留下一老臣，让他保王卫宫廷。看中富家有车马，迁往向邑结伴行。

黾勉从事，不敢告劳。无罪无辜，谗口嚣嚣。下民之孽，匪降自天。噂（zǔn）沓背憎，职竞由人。

【译文】

尽力服役做事情，不敢诉说我艰辛。无罪无辜也挨整，众口诽谤难辨清。天下百姓灾难深，但都不是天降临。当面说笑背后恨，竞相诬陷把人坑。

悠悠我里，亦孔之痗（mèi）。四方有羡，我独居忧。民莫不逸，我独不敢休。天命不彻，我不敢效我友自逸。

【译文】

苦恼烦闷恨悠悠，恰似大病在心头。看看别人很富裕，独我一人满腹愁。人们生活都安逸，我独不敢片刻休。天道无常没定准，不敢学人图享受。

雨无正

浩浩昊天，不骏其德。降丧饥馑，斩伐四国。昊天疾威，弗虑弗图。舍彼有罪，既伏其辜。若此无罪，沦胥以铺。

【译文】

浩荡上天大无边，不把恩惠施人间。降下饥馑和丧乱，四方民众遭苦难。上天残暴不公道，不曾斟酌不思考。有罪之人你不管，隐瞒其罪又放掉。无罪之人真冤枉，反遭迫害受煎熬。

周宗既灭，靡所止戾。正大夫离居，莫知我勚（yì）。三事大夫，莫肯夙夜。邦君诸侯，莫肯朝夕。庶曰式臧，覆出为恶。

【译文】

西周王朝已灭亡，想要栖身没地方。大臣离京奔他乡，有谁知我工作忙。三公六卿士大夫，不肯为国出力量。各国诸侯也失职，不勤国事匡国邦。希望天子能变好，哪知作恶和过去一样。

如何昊天，辟言不信。如彼行迈，则靡所臻。凡百君子，各敬尔身。胡不相畏？不畏于天？

【译文】

上天你说怎么办，正确话儿王不听。好比一个行路人，毫无目的向前奔。公卿大夫不管事，各自小心保自身。为何臣下不畏君？为何都不畏天命？

戎成不退，饥成不遂。曾我䙝（xiè）御，憯憯日瘁。凡百君子，莫肯用讯。听言则答，谮言则退。

【译文】

外患严重未平息，饥荒蔓延兵将溃。使我侍御众近臣，每天忧虑身憔悴。百官群臣都闭口，不进忠言怕得罪。君王听了顺言喜，谁进忠言就斥退。

哀哉不能言！匪舌是出，维躬是瘁。哿（gě）矣能言，巧言如流，俾躬处休。

【译文】

可悲有话不能讲！不是舌头生了疮，只怕大祸降身上。小人能说又会道，巧言应变如水淌，高官厚禄如愿偿。

维曰于仕，孔棘且殆。云不可使，得罪于天子。亦云可使，怨及朋友。

【译文】

人们都说去做官，做官紧张又危险。那些坏事干不得，得罪天子不好办。要说坏事可以做，朋友纷纷来抱怨。

谓尔迁于王都，曰予未有室家。鼠思泣血，无言不疾。昔尔出居，谁从作尔室？

【译文】

劝说你们回国都，推辞那里没房住。我心忧伤常痛哭，说出话来人厌恶。试问从前离王都，谁给你们造房屋？

小　旻

旻天疾威，敷于下土。谋犹回遹，何日斯沮？谋臧不从，不臧覆用。我视谋犹，亦孔之邛。

【译文】

老天暴虐太过度，灾难遍布满国土。朝政混乱多邪僻，何时这种状况才结束。好的计谋不听从，坏的主意反信服。我看现在那政策，充满弊端多无数。

潝（xī）潝訿（zǐ）訿，亦孔之哀。谋之其臧，则具是违。谋之不臧，则具是依。我视谋犹，伊于胡底。

【译文】

小人诋毁相附和，我心为此深悲哀。正确意见提上来，你却不理也不睬。错误意见提上来，你却全部都信赖。我看现在的政策，不知弄出什么结果来！

我龟既厌，不我告犹。谋夫孔多，是用不集。发言盈庭，谁敢执其咎？如匪行迈谋，是用不得于道。

【译文】

我的灵龟已厌恶，占卜吉凶不告诉。只因谋士实在多，众说纷纭难算数。说话声音满厅堂，哪个敢把责任负？好像问路行路人，很难得到正确路。

哀哉为犹，匪先民是程，匪大犹是经。维迩言是听，维迩言是争。如彼筑室于道谋，是用不溃于成。

【译文】

可叹执政太糊涂，不学祖宗不师古，不遵正道走邪路。只肯听信浅陋话，只说浅陋话很好。如造房子问路人，终究没法盖成屋。

国虽靡止，或圣或否。民虽靡膴（hū），或哲或谋，或肃或艾。如彼泉流，无沦胥以败。

【译文】

国家虽说不安定，也有圣人有凡夫。百姓虽说不很多，有人聪明有计谋，有人持重有干练。国运如水往下流，终将败亡拦不住。

不敢暴虎，不敢冯（píng）河。人知其一，莫知其它。战战兢兢，如临深渊，如履薄冰。

【译文】

不敢空手打老虎，不敢徒步把河渡。这个道理人皆知，别的道理就糊涂。战战兢兢过日子，如临深渊须留步，如踩薄冰危险处。

小 宛

宛彼鸣鸠，翰飞戾天。我心忧伤，念昔先人。明发不寐，有怀二人。

【译文】

小斑鸠呀小斑鸠，展翅高飞上青天。我的心里多忧愁，追念故去的祖先。通宵醒着难入眠，对我父母好思念。

人之齐圣，饮酒温克。彼昏不知，壹醉日富。各敬尔仪，天命不又。

【译文】

有人聪明又正直，饮酒温和有节制。有人昏庸又无知，酒醉之后就放肆。人要谨慎守礼仪，天命不会降二次。

中原有菽，庶民采之。螟（míng）蛉（líng）有子，蜾蠃负之。教诲尔子，式穀似之。

【译文】

平原田野有大豆，人们走来采摘它。小小青虫有幼子，土蜂前来捉走它。教导你的下一代，继承美德护好家。

题彼脊令，载飞载鸣。我日斯迈，而月斯征。夙兴夜寐，毋忝尔所生。

【译文】

看看那些小鹡鸰，一边飞来一边鸣。我要天天出门行，你要月月在外奔。早起晚睡要勤奋，切莫辱没父母亲。

交交桑扈，率场啄粟。哀我填寡，宜岸宜狱。握粟出卜，自何能穀？

【译文】

飞来飞去小青雀，却啄粟粒在谷场。可怜我穷无依靠，还吃官司进牢房。抓把小米来占卜，何处能够得吉祥？

温温恭人，如集于木。惴惴小心，如临于谷。战战兢兢，如履薄冰。

【译文】

温和谦恭的人们，如鸟栖身在树上。惴惴不安多小心，犹如面临山谷深。恐惧谨慎战兢兢，就像双脚踩薄冰。

小　弁

弁彼鷽（yù）斯，归飞提提。民莫不穀，我独于罹。何辜于天？我罪伊何？心之忧矣，云如之何？

【译文】

乌鸦乌鸦心里欢，群飞回窝悠悠然。人们生活过得好，我独忧愁难排遣。有何事情得罪天，我是犯了啥罪过？满心忧伤说不完，叫我究竟怎么办？

踧踧周道，鞫（jū）为茂草。我心忧伤，惄（nì）焉如捣。假寐永叹，维忧用老。心之忧矣，疢（chèn）如疾首。

【译文】

平平坦坦京都道，蔓延茂密丛丛草。我心忧伤苦难言，犹如棒槌心里捣。和衣而睡长叹息，忧伤容易使人老。心里忧伤难说尽，好像头痛发高烧。

维桑与梓，必恭敬止。靡瞻匪父，靡依匪母。不属于毛，不离于里。天之生我，我辰安在？

【译文】

见了桑树和梓树，定然必恭又必敬。我尊敬我父亲，我依恋我母亲。不能依附我父亲，不能依傍我母亲。老天既然生了我，好的日子何处寻？

菀彼柳斯，鸣蜩嘒嘒。有漼（cuǐ）者渊，萑（huán）苇淠（pèi）淠。譬彼舟流，不知所届。心之忧矣，不遑假寐。

【译文】

千丝万缕柳条青，蝉儿喳喳叫不停。池中之水深又深，水边芦苇密密生。像那船儿随水漂，不知漂到何处停。我心忧愁好悲伤，顾不得打盹闭眼睛。

鹿斯之奔，维足伎伎。雉之朝雊（gòu），尚求其雌。譬彼坏木，疾用无枝。心之忧矣，宁莫之知。

【译文】

鹿儿匆匆向前奔，四只脚儿在急跑。雄鸡早上不停叫，准是在把雌鸡找。就像一棵有病树，因病没有长枝条。我心忧伤好苦闷，难道没有人知道！

相彼投兔，尚或先之。行有死人，尚或墐之。君子秉心，维其忍之。心之忧矣，涕既陨之。

【译文】

兔子投入罗网里，有人怜悯把它放。尸体躺在大路上，有人同情来埋葬。不料君子居心狠，真够残忍不善良。我的心里好悲伤，泪水滚滚往下淌。

君子信谗，如或酬之。君子不惠，不舒究之。伐木掎（jǐ）矣，析薪扡（chǐ）矣。舍彼有罪，予之佗（tuò）矣。

【译文】

君子容易听谗言，就像有人敬他酒。君子不以仁慈为怀，面对坏话不追究。砍树要拖住树梢，劈柴要顺着纹路。放过那进谗的人，让我把罪名背负！

莫高匪山，莫浚匪泉。君子无易由言，耳属于垣。无逝我梁，无发我笱。我躬不阅，遑恤我后。

【译文】

有山不高不为山，若是不深不为潭。君子休要乱说话，隔壁有耳贴墙边。别到我的鱼坝去，别把鱼篓打开看。自身尚且难保全，哪顾身后事变迁。

巧　言

悠悠昊天，曰父母且。无罪无辜，乱如此幠（hū）。昊天已威，予慎无罪。昊天泰幠，予慎无辜。

【译文】

遥远宽广的上天啊，应当做人的父母。人家没罪没过错，竟然遭如此大祸。上天施威太恐怖，我确实没有罪过。上天也太暴虐，我是真正属无辜。

乱之初生，僭（zèn）始既涵。乱之又生，君子信谗。君子如怒，乱庶遄沮。君子如祉，乱庶遄已。

【译文】

当初祸乱刚发生，所有谗言都听进。乱事不断出现，君王又听信谗言。君王若怒斥谗人，祸乱就会被除尽。君王如能用贤人，祸乱很快能平定。

君子屡盟，乱是用长。君子信盗，乱是用暴。盗言孔甘，乱是用餤（tán）。匪其止共，维王之邛。

【译文】

君王许诺常不行，所以祸乱常发生。君王信用谗言者，所以祸乱更猛烈。谗人说话好甜蜜，祸乱因此愈增加。不是他们尽职守，是为君王造祸患。

奕奕寝庙，君子作之。秩秩大猷（yóu），圣人莫之。他人有心，予忖度之。跃跃毚（chán）兔，遇犬获之。

【译文】

高大宫室和宗庙，是由君子把它造。秩序井然的规章，是由圣人谋划到。他人心中诡计，我能够揣测知道。蹦蹦跳跳的狡兔，遇上猎狗命难逃。

荏染柔木，君子树之。往来行言，心焉数之。蛇蛇硕言，出自口矣。巧言如簧，颜之厚矣。

【译文】

柔软脆弱的小树，是由君子栽成林。传来传去的流言，听者辨别记在心。轻率浮浅的大话，都从谗人口中喷。花言巧语能吹簧，脸皮真厚太可恨。

彼何人斯？居河之麋（méi）。无拳无勇，职为乱阶。既微且尰（zhǒng），尔勇伊何？为犹将多，尔居徒几何？

【译文】

他是怎样一个人？家住河流的岸边。没有力气没胆量，祸乱他是总根源。小腿生疮又发肿，你的勇气怎不见？玩弄诡计多阴谋，多少同党共作乱？

何人斯

彼何人斯？其心孔艰。胡逝我梁，不入我门？伊谁云从？维暴之云。

【译文】

那是什么人？心术太阴狠。怎过我石梁，不进我家门？问他听从谁？只有他那暴虐心。

二人从行，谁为此祸？胡逝我梁，不入唁我？始者不如今，云不我可。

【译文】

他跟暴公并肩行，发生祸事是谁为？为何走过我石梁，不进我门来慰问？当初对我还不错，如今翻脸不认人。

彼何人斯？胡逝我陈？我闻其声，不见其身。不愧于人，不畏于天。

【译文】

那是什么人？怎进我院门？只听他说话，不见那本人。对人不愧心，就不畏神灵。

彼何人斯？其为飘风。胡不自北？胡不自南？胡逝我梁？只搅我心。

【译文】

请问他是什么人？一阵暴风从此经。为何不从北边走？为何不从南边行？为何走过我石梁？使我苦闷心不宁。

尔之安行，亦不遑舍。尔之亟行，遑脂尔车。壹者之来，云何其盱。

【译文】

你的车儿慢慢行，也没工夫停一停。现在你说要快走，偏又添油把车停。前次你到我家来，使我苦闷心头冷！

尔还而入，我心易也。还而不入，否难知也。壹者之来，俾我祇也。

【译文】

返回进我门，我心就高兴。返回不进门，难知你的心。你来这一趟，使我愁成病。

伯氏吹埙，仲氏吹篪。及尔如贯，谅不我知。出此三物，以诅尔斯。

【译文】

大哥奏乐吹起埙，二哥吹篪相和音。你我本是手足情，却不理解我的心。捧出三牲鸡狗猪，求神降福于你身。

为鬼为蜮，则不可得。有靦面目，视人罔极。作此好歌，以极反侧。

【译文】

你是鬼怪还是精，无影无形看不清。你有颜面是人样，我都能把你辨认。特地作了这首歌，揭穿你反复无常是小人。

巷　伯

萋兮斐兮，成是贝锦。彼谮人者，亦已大甚。

【译文】

丝线错杂颜色明，织成五彩贝纹锦。那个造谣害人精，用意实在太毒狠！

哆（chǐ）兮侈兮，成是南箕。彼谮人者，谁适与谋?

【译文】

张开嘴巴真够大，箕星高高挂南方。那个造谣害人精，谁愿和他去搭腔?

缉缉翩翩，谋欲谮人。慎尔言也，谓尔不信。

【译文】

窃窃低语来往频，一心只想诬陷人。劝你说话要慎重，否则别人不相信。

捷捷幡（fān）幡，谋欲谮言。岂不尔受？既其女迁。

【译文】

花言巧语信口编，挖空心思造谣言。难道还没被你骗？人们终将离你远。

骄人好好，劳人草草。苍天苍天，视彼骄人，矜此劳人。

【译文】

小人得志就忘形，好人被诬意消沉。老天求你把眼睁！看看那些谗佞小人，可怜我们受害人。

彼谮人者，谁适与谋？取彼谮人，投畀豺虎。豺虎不食，投畀有北。有北不受，投畀有昊。

【译文】

那个造谣大坏蛋，谁愿和他来搭腔！抓住那个谗言人，投给虎豹和豺狼；豺狼虎豹不爱吃，丢他到寒冷的北方。北方如果不接受，送他去见老天爷。

杨园之道，猗于亩丘。寺人孟子，作为此诗。凡百君子，敬而听之。

【译文】

一条大路通杨园，紧紧靠在亩丘边。我是宦官叫孟子，受人陷害写诗篇。诸位君子大官人，请您认真听我言。

小雅·谷风之什

谷　风

习习谷风，维风及雨。将恐将惧，维予与女。将安将乐，女转弃予。

【译文】

东风和煦轻轻吹，和风吹来那春雨。当初危难忧患时，只有我来亲附你。如今平安快乐时，你倒把我来抛弃。

习习谷风，维风及颓。将恐将惧，置予于怀。将安将乐，弃予如遗。

【译文】

东风和煦轻轻吹，旋风阵阵不停息。当初危难穷苦时，把我抱在你怀里；如今安乐无忧时，把我丢开全忘记。

习习谷风，维山崔嵬。无草不死，无木不萎。忘我大德，思我小怨。

【译文】

东风和煦轻轻吹，呼呼吹过高山顶。刮得百草都枯死，刮得树叶都凋零。忘记我的大恩德，对我小错记得清。

蓼莪

蓼蓼者莪，匪莪伊蒿。哀哀父母，生我劬劳。

【译文】

高高似莪草，原来是青蒿。可怜父母亲！养我真辛劳。

蓼蓼者莪，匪莪伊蔚。哀哀父母，生我劳瘁。

【译文】

高高似莪蒿，原来是那蔚。可怜父母亲，养我真劳累。

瓶之罄矣，维罍之耻。鲜民之生，不如死之久矣。无父何怙？无母何恃？出则衔恤，入则靡至。

【译文】

酒瓶空荡荡，酒瓮愧难当。穷人活世上，不如早死亡。没爹依赖谁？没娘怎依仗？出门心忧伤，进门空荡荡。

父兮生我，母兮鞠我。拊我畜我，长我育我，顾我复我，出入腹我。欲报之德，昊天罔极。

【译文】

爹曾喂养我，娘曾养育我。抚我爱护我，培育我成长，照顾挂念我，出入抱着我。欲报爹娘恩，恩德如天大无边。

南山烈烈，飘风发发。民莫不穀，我独何害。

【译文】

南山突兀起，暴风多迅疾。人人生活好，我独忧什么？

南山律律，飘风弗弗。民莫不穀，我独不卒。

【译文】

南山多险峰，暴风好强劲。人人光景好，我独难尽孝。

大　东

有饛（méng）簋飧，有捄（qiú）棘匕。周道如砥，其直如矢。君子所履，小人所视。睠言顾之，潸焉出涕。

【译文】

熟食满满盒中放，枣木饭勺柄儿弯。大路平坦如磨石，大路笔直箭一样。贵族老爷上面走，小民只能把眼看。回过头来大道望，不禁伤心泪涟涟。

小东大东，杼（zhù）柚其空。纠纠葛屦（jù），可以履霜。佻佻公子，行彼周行。既往既来，使我心疚。

【译文】

东方大小各国邦，织机布帛搜刮光。葛麻缠绕做成鞋，如何能够踏霜雪？轻佻漂亮公子哥，走在西去大路上。一会去呀一会来，叫我心中好忧伤。

有冽氿泉，无浸获薪。契契寤叹，哀我惮人。薪是获薪，尚可载也；哀我惮人，亦可息也。

【译文】

旁出泉水冷且清，不要沾湿我柴薪。人难安睡唯长叹，可怜我等穷苦汉。砍了树木劈成柴，才能用车去装载。可怜我们劳苦人，休息休息也应该。

东人之子，职劳不来。西人之子，粲粲衣服。舟人之子，熊罴是裘。私人之子，百僚是试。

【译文】

东方各邦众臣民，终日辛劳无人睬。西方臣民高一等，衣服华丽闪光彩。周朝世臣后裔人，打熊猎罴作衣带；私家家奴众子弟，干这干那像奴才。

或以其酒，不以其浆。鞙（xuàn）鞙佩璲（suì），不以其长。维天有汉，监亦有光。跂彼织女，终日七襄。

【译文】

有人经常饮美酒，有人喝不上稀浆。有人佩的是玉带，有人身上无所戴。天上银河多缥缈，照在地上闪银光。织女三星形成角，一天七次移位忙。

虽则七襄，不成报章。睆（huǎn）彼牵牛，不以服箱。东有启明，西有长庚。有捄天毕，载施之行。

【译文】

虽然七次移位忙，不能织成好锦章。牵牛星儿虽明亮，不能用来驾车箱。早上启明星东方亮，傍晚长庚星西方发光。毕星似网长柄弯，都只排列成行。

维南有箕，不可以簸扬；维北有斗，不可以挹酒浆。维南有箕，载翕其舌；维北有斗，西柄之揭。

【译文】

南方箕星闪闪亮，不能用来扬米糠。斗星高挂在北方，不能用来舀酒浆。南方箕星闪闪亮，缩着舌头把口张。斗星高挂在北方，举着斗柄往西向。

四　月

四月维夏，六月徂暑。先祖匪人，胡宁忍予？

【译文】

四月立了夏，六月暑难当。祖先非外人，怎让我遭殃？

秋日凄凄，百卉具腓（féi）。乱离瘼矣，奚其适归？

【译文】

秋天风凄凄，百草尽枯萎。忧思结成愁，我往何处归？

冬日烈烈，飘风发发。民莫不穀，我独何害？

【译文】

冬天风凛冽，狂风呼啸急。别人都好过，怎只我受祸？

山有嘉卉，侯栗侯梅。废为残贼，莫知其尤。

【译文】

山上有芳草，栗梅遍山窝。变成害人精，无人知罪过。

相彼泉水，载清载浊。我日构祸，曷云能穀？

【译文】

看那泉水淌，时清时浑浊。天天遭祸患，怎么能好过？

滔滔江汉，南国之纪。尽瘁以仕，宁莫我有。

【译文】

滔滔汉江水，南国众河归。尽心为国家，竟不亲信我。

匪鹑匪鸢，翰飞戾天。匪鳣匪鲔，潜逃于渊。

【译文】

那些雕和鹰，高飞上青天。那些鲤和鲔，潜水入深渊。

山有蕨薇，隰有杞桋（yí）。君子作歌，维以告哀。

【译文】

山中生蕨薇，洼地杞桋长。君子作首歌，借此诉哀伤。

北　山

陟彼北山，言采其杞。偕偕士子，朝夕从事。王事靡盬，忧我父母。

【译文】

登上那座北山岗，采来枸杞尝一尝。士子身强又力壮，从早到晚工作忙。公家差事无休止，心中担忧我爹娘。

溥天之下，莫非王土。率土之滨，莫非王臣。大夫不均，我从事独贤。

【译文】

普天之下，都是君王的土地。四海之内，都是君王的臣仆。执政大夫不公平，派我差事最辛苦。

四牡彭彭，王事傍（bēng）傍（bēng）。嘉我未老，鲜我方将。旅力方刚，经营四方。

【译文】

四匹雄马行道上，官差纷繁日夜忙。夸我年纪不算老，夸我身体真健壮。夸我臂力正刚强，差我奔忙走四方。

或燕燕居息，或尽瘁事国。或息偃在床，或不已于行。

【译文】

有人安然在休息，有人为国耗尽力。有人悠闲躺在床，有人奔走不停息。

或不知叫号，或惨惨劬劳。或栖迟偃仰，或王事鞅掌。

【译文】

有人不知人间有烦恼，有人劳苦在外心惆怅。有人游手好闲多逍遥，有人官差紧催日夜忙。

或湛乐饮酒，或惨惨畏咎。或出入风议，或靡事不为。

【译文】

有人寻欢作乐饮美酒，有人担心灾难要临头，有人夸夸其谈发议论，有人样样事情要动手。

无将大车

无将大车，只自尘兮。无思百忧，只自疷（qí）兮。

【译文】

别将大车推，徒惹一身灰。莫为小事愁，徒然乱心头。

无将大车，维尘冥冥。无思百忧，不出于颎（jiǒng）。

【译文】

别扶大车走，濛濛飞灰尘。别想忧患事，越想越烦闷。

无将大车，维尘雍兮。无思百忧，只自重兮。

【译文】

别将大车推，漫天尘灰飞。莫为小事愁，劳苦自承受。

小　明

明明上天，照临下土。我征徂西，至于艽（qiú）野。二月初吉，载离寒暑。心之忧矣，其毒大苦。念彼共人，涕零如雨。岂不怀归？畏此罪罟。

【译文】

明朗上天亮光光，普照辽阔大地上。想我服役到西方，直到荒凉那边疆。二月初起吉日走，至今寒来又暑往。心中想想多忧苦，这种痛苦口难言。想起我那朝中友，不禁伤心泪汪汪。难道不想回家乡？只怕得罪触法网。

昔我往矣，日月方除。曷云其还？岁聿云莫。念我独兮，我事孔庶。心之忧矣，惮我不暇。念彼共人，眷眷怀顾。岂不怀归？畏此谴怒。

【译文】

当初离家园，除旧迎新年。何时能回还？一年已过完。念我身影单，诸事且纷繁。心中多愁苦，终岁无闲暇。思念众友人，情怀常回顾。难道不想回家乡？就怕受责难。

昔我往矣，日月方奥。曷云其还？政事愈蹙。岁聿云莫，采萧获菽。心之忧矣，自诒伊戚。念彼共人，兴言出宿。岂不怀归？畏此反覆。

【译文】

当初我走时，天气尚暖和。何时才能回？政事更紧促。今年已快完，采蒿又收豆。心中多忧愁，自寻烦恼苦。想我朝中友，起床出房走。难道不想回？就怕挨报复。

嗟尔君子，无恒安处。靖共尔位，正直是与。神之听之，式穀以女。

【译文】

各位君子啊，勿要图安逸。做好本职事，接近正直人。神灵细勘察，赐给你幸福。

嗟尔君子，无恒安息。靖共尔位，好是正直。神之听之，介尔景福。

【译文】

各位君子啊，休要把福享。认真办好事，亲近那贤良。神灵细勘察，赐福永吉祥。

鼓 钟

鼓钟将将，淮水汤汤，忧心且伤。淑人君子，怀允不忘。

【译文】

钟鼓声锵锵，淮水翻波浪，我心真忧伤。正人君子啊，怀念不能忘。

鼓钟喈喈，淮水湝（jiē）湝，忧心且悲。淑人君子，其德不回。

【译文】

鼓声和谐响，淮水流不歇，心忧且悲切。正人君子啊，品德无偏邪。

鼓钟伐鼛（gāo），淮有三洲，忧心且妯（chōu）。淑人君子，其德不犹。

【译文】

撞钟敲大鼓，淮河有三洲，心中多忧愁。正人君子啊，品德无瑕疵。

鼓钟钦钦，鼓瑟鼓琴，笙磬同音。以雅以南，以籥不僭。

【译文】

击钟声钦钦，奏瑟又弹琴，笙磬配和声。雅乐南乐起，吹伴奏更分明。

楚 茨

楚楚者茨，言抽其棘。自昔何为？我艺黍稷。我黍与与，我稷翼翼。我仓既盈，我庾维亿。以为酒食，以享以祀。以妥以侑，以介景福。

【译文】

蒺藜茂密长满地，手拿锄头除荆棘。从前为啥这样做？我种高粱和小米。我的小米好茂密，我的高粱好整齐。我的仓库已装满，囤里藏粮千百亿。粮食用来做酒食，用它来把神祭祀。请来尸神敬上酒，用来祈求好福气。

济济跄跄，絜尔牛羊，以往烝尝。或剥或亨，或肆或将。祝祭于祊（bēng），祀事孔明。先祖是皇，神保是飨，孝孙有庆。报以介福，万寿无疆。

【译文】

祭祀恭敬又端庄，洗涮干净牛和羊，准备用来作祭享。有的宰割有的煮，摆开碗盏端上堂。祝官祷告庙门里，祭祀盛大而周详。祖宗前来受祭祀，神灵来把酒肉享，主祭少爷有吉庆。神明酬谢大福降，赐您万寿永无疆。

执爨踖（qì）踖，为俎孔硕，或燔或炙。君妇莫莫，为豆孔庶。为宾为客，献酬交错。礼仪卒度，笑语卒获。神保是格，报以介福，万寿攸酢（zuò）。

【译文】

厨师小心做菜肴，案上鱼肉真不少，有的红烧有的烤。主妇神情好肃穆，装肉器具真不少。来了许多贵宾客，劝酒回敬相交错。遵守礼节合法度，合乎规矩轻谈笑。祖先神灵已来到，神用大福来酬报，赐您长寿永不老。

我孔熯（rǎn）矣，式礼莫愆。工祝致告，徂赉孝孙。苾（bì）芬孝祀，神嗜饮食。卜尔百福，如几如式。既齐既稷，既匡既敕。永锡尔极，时万时亿。

【译文】

我们态度很恭敬，礼仪周到没过失。祝官又来作祈祷，神给孝孙赐福气。祭祀酒菜香喷喷，神灵爱吃这饮食。赐你百种好福气，祭祀及时又标准。办事快速又整齐，态度谨慎又端正。永远赐给您福禄，福禄多得上万亿。

礼仪既备，钟鼓既戒。孝孙徂位，工祝致告。神具醉止，皇尸载起。鼓钟送尸，神保聿归。诸宰君妇，废彻不迟。诸父兄弟，备言燕私。

【译文】

祭祀仪式都完备，钟鼓敲响近尾声。主祭走回堂下位，祝师报告祭祀成。神灵都已醉醺醺，尸主告辞站起身。敲钟奏乐送尸神，祖宗神灵上归程。各门庖丁和主妇，撤去祭品不留停。伯叔兄弟都聚齐，合家宴饮叙亲情。

乐具入奏，以绥后禄。尔肴既将，莫怨具庆。既醉既饱，小大稽首。神嗜饮食，使君寿考。孔惠孔时，维其尽之。子子孙孙，勿替引之。

【译文】

乐队进庙来高奏，子孙享受祭祀食。你的菜肴真美好，怨言全无乐滋滋。菜饭吃饱酒喝足，无论老幼都叩首。神灵爱吃这饮食，使你长寿百年期。祭祀顺当又及时，主人确实尽礼制。但愿子孙和后代，永把祭礼来保持。

信南山

信彼南山，维禹甸之。畇（yún）畇原隰，曾孙田之。我疆我理，南东其亩。

【译文】

南山田野宽又广，夏禹到此来开荒。原野平坦又肥沃，儿孙在此种米粮。划分田界又治理，田野纵横一方方。

上天同云，雨雪雰雰。益之以霢（mài）霂（mù），既优既渥。既沾既足，生我百谷。

【译文】

天上阴云密层层，雪花四处落纷纷。加上蒙蒙细雨下，雨水充足好年成。土地潮湿又滋润，庄稼长得好茂盛。

疆埸（yì）翼翼，黍稷彧彧。曾孙之穑，以为酒食。畀我尸宾，寿考万年。

【译文】

田埂端直又整齐，黍米高粱长成片。曾孙收获粮食多，用它酿酒又做饭。献给尸主和宾客，求得长寿延万年。

中田有庐，疆埸有瓜。是剥是菹，献之皇祖。曾孙寿考，受天之祜。

【译文】

庄稼地里有窝棚，田边种着青翠瓜。瓜儿切开腌起来，献给先祖品尝它。曾孙寿命长百岁，皇天赐福保佑他。

祭以清酒，从以骍牡，享于祖考。执其鸾刀，以启其毛，取其血膋（liáo）。

【译文】

神前斟上清清酒，再献红色大公牛，献给祖先来享受。一手拿起鸾铃刀，拨开红牛身上毛，取它鲜血和脂膏。

是烝是享，苾（bì）苾芬芬，祀事孔明。先祖是皇，报以介福，万寿无疆。

【译文】

冬天祭祀上供品，样样祭品都飘香，祭祀仪式很周详。先祖来临把祭享，神明酬报洪福降，赐你万寿永无疆。

小雅·甫田之什

甫　田

倬彼甫田，岁取十千。我取其陈，食我农人。自古有年。今适南亩，或耘或耔，黍稷薿（nǐ）薿。攸介攸止，烝我髦士。

【译文】

一片大田广无边，每年收粮万万千。拿出粮仓陈粮食，给我农民填肚肠。自古常常有丰年。今天我到田地边，锄草培土人不闲，黍子高粱长成片。庄稼长大来收获，田官向我来进献。

以我齐明，与我牺羊，以社以方。我田既臧，农夫之庆。琴瑟击鼓，以御田祖。以祈甘雨，以介我稷黍，以穀我士女。

【译文】

黍梁盘中满满盛，配上牛羊毛色纯，祭祀土神四方神。我的田里庄稼好，农民个个都欢庆。弹起琴瑟敲起鼓，以此迎接神农氏。以此祈求降甘霖，使我庄稼得丰收，养育我的儿女们。

曾孙来止，以其妇子，馌彼南亩，田畯至喜。攘其左右，尝其旨否。禾易长亩，终善且有。曾孙不怒，农夫克敏。

【译文】

曾孙来到田头边，农民叫他妻和子，一齐送饭到田边，田官一见心喜欢。让给身边众随从，尝尝味道鲜不鲜。整个田里禾苗密，长势又好苗又盛。曾孙见了笑开颜，农民干活很勤勉。

曾孙之稼，如茨如梁。曾孙之庾，如坻如京。乃求千斯仓，乃求万斯箱。黍稷稻粱，农夫之庆。报以介福，万寿无疆。

【译文】

曾孙庄稼堆满场，高如房顶和屋梁。曾孙粮食装满囤，好像山坡和高岗。需要粮仓上千座，需要车子上万辆。黄米大米和高粱，农民见了喜洋洋。神灵给我降洪福，长命百岁寿无疆。

大　田

大田多稼，既种既戒，既备乃事。以我覃耜，俶载南亩，播厥百谷。既庭且硕，曾孙是若。

【译文】

大田种谷种得多，选好籽种修家伙，事前准备都完妥。用我锋利的犁铧，开始田里干农活，田里五谷种子播。禾苗又直又茁壮，曾孙顺心好快活。

既方既皂，既坚既好，不稂不莠。去其螟螣（tè），及其蟊贼，无害我田稚。田祖有神，秉畀炎火。

【译文】

庄稼长穗已结实，颗粒坚实长势好，不长空穗和杂草。害虫螟蛉全除掉，蟊虫贼虫不能逃，不许伤我田中苗。多亏神农来保佑，抓起它们丢进火。

有渰（yǎn）萋萋，兴雨祁祁。雨我公田，遂及我私。彼有不获稚，此有不敛穧（jì）。彼有遗秉，此有滞穗。伊寡妇之利。

【译文】

乌云滚滚遮满天，细雨下来细绵绵。细雨落在公田里，同时下到我私田。那儿庄稼没割尽，这儿几株漏田间。那儿遗下一束禾，这儿谷穗弃在地。照顾寡妇让她捡。

曾孙来止，以其妇子，馌彼南亩，田畯至喜。来方禋祀，以其骍黑，与其黍稷。以享以祀，以介景福。

【译文】

曾孙视察已光临，农民叫他妻儿们，送饭到南边地头，田官看了真高兴。曾孙来到正祭神，黄牛黑猪案上陈，小米高粱配嘉珍。献上祭品行祭礼，祈求大福赐子孙。

瞻彼洛矣

瞻彼洛矣，维水泱泱。君子至止，福禄如茨。韎（mèi）韐（gé）有奭，以作六师。

【译文】

滚滚洛河水，茫茫宽无边。周王驾车到，福禄如茅茨。身着红蔽膝，六军齐统率。

瞻彼洛矣，维水泱泱。君子至止，鞞（bǐng）琫（běng）有珌。君子万年，保其家室。

【译文】

远望洛水长又宽，茫茫一片不见边。周王车驾已到来，玉饰刀鞘花纹鲜。敬祝周王寿命长，保卫国家天下安。

瞻彼洛矣，维水泱泱。君子至止，福禄既同。君子万年，保其家邦。

【译文】

滚滚洛河水，茫茫宽无边。周王驾车来，福禄世无双。君子万年寿，保国安家乡。

裳裳者华

裳裳者华，其叶湑兮。我觏之子，我心写兮。我心写兮，是以有誉处兮。

【译文】

花朵放光华，绿叶郁苍苍。我见诸贤人，心里真舒畅。心里真舒畅，因此喜洋洋。

裳裳者华，芸其黄矣。我觏之子，维其有章矣。维其有章矣，是以有庆矣。

【译文】

花朵放光华，片片皆金黄。我见诸贤人，有才有专长。有才有专长，有福真吉祥。

裳裳者华，或黄或白。我觏之子，乘其四骆。乘其四骆，六辔沃若。

【译文】

花朵放光华，白中也有黄。我见诸贤人，四马气轩昂。四马气轩昂，六条缰绳柔滑溜光。

左之左之，君子宜之。右之右之，君子有之。维其有之，是以似之。

【译文】

左边要辅佐，君子很胜任。右边需辅助，君子很相称。人各用其长，继祖业绵延永昌。

桑扈

交交桑扈，有莺其羽。君子乐胥，受天之祜。

【译文】

小巧玲珑青雀鸟，彩色羽毛多俊俏。祝贺各位常欢乐，上天赐福运气好。

交交桑扈，有莺其领。君子乐胥，万邦之屏。

【译文】

小小青雀在飞翔，头颈彩羽闪闪光。祝贺各位常欢乐，各国靠你当屏障。

之屏之翰，百辟为宪。不戢不难，受福不那。

【译文】

他是屏藩和井栏，诸侯以他为典范。他温和又谦恭，受福多得难计算。

兕觥其觩（qiú），旨酒思柔。彼交匪敖，万福来求。

【译文】

犀牛角杯弯又弯，美酒香甜性儿欢。不图侥幸不傲慢，万福会聚任自然。

鸳　鸯

鸳鸯于飞，毕之罗之。君子万年，福禄宜之。

【译文】

鸳鸯双双空中飞，用网抓来用罗捕。祝愿君子享长寿，永远年年享福禄。

鸳鸯在梁，戢其左翼。君子万年，宜其遐福。

【译文】

鸳鸯栖息在鱼梁，把嘴插进翅膀里。敬祝君子万年寿，年年岁岁有福气。

乘马在厩，摧之秣之。君子万年，福禄艾之。

【译文】

驾车之马拴马厩，又喂碎草又喂谷。祝愿君子万年寿，福禄将他来辅助。

乘马在厩，秣之摧之。君子万年，福禄绥之。

【译文】

驾车之马拴马厩，喂马料要喂碎草。敬祝君子寿万年，多福多禄常安好。

頍　弁

有頍（kuǐ）者弁，实维伊何？尔酒既旨，尔肴既嘉。岂伊异人？兄弟匪他。茑（niǎo）与女萝，施于松柏。未见君子，忧心弈弈。既见君子，庶几说怿。

【译文】

有人昂首戴着帽，戴着它来做什么？你的美酒好甘醇，你的佳肴味道好。难道来的是外人？除了兄弟没有谁。菟丝子和寄生草，蔓延依附松和柏。没有看到那君主，心中愁得不得了。如今见到君主面，又是欢乐又是笑。

有頍者弁，实维何期？尔酒既旨，尔肴既时。岂伊异人？兄弟具来。茑与女萝，施于松上。未见君子，忧心怲怲。既见君子，庶几有臧。

【译文】

来人昂首戴着帽，戴着它来干什么？你的美酒好醇浓，你的菜味喷喷香。难道来的是外人？亲兄亲弟全请到。菟丝子和寄生草，攀于松枝一条条。没有见到君主时，心中又愁又烦恼。既然看见君主面，心中美得不得了。

有頍者弁，实维在首。尔酒既旨，尔肴既阜。岂伊异人？兄弟甥舅。如彼雨雪，先集维霰。死丧无日，无几相见。乐酒今夕，君子维宴。

【译文】

来人昂首戴着帽，帽子高高戴头上。你的酒味好甘醇，你的菜肴味道好。难道他们是外人？兄弟亲戚齐来到。就像天上下大雪，雪珠粒粒空中抛。人生在世无多日，相见还能有几朝。今宵有酒今宵醉，众人欢宴乐陶陶。

车　舝

间关车之舝兮，思娈季女逝兮。匪饥匪渴，德音来括。虽无好友，式燕且喜。

【译文】

迎亲车轮响格格，美丽少女要出阁。不是饥饿也不渴，娶来姑娘有美德。宴会虽然没好友，宴饮喜庆也欢乐。

依彼平林，有集维鷮（jiāo）。辰彼硕女，令德来教。式燕且誉，好尔无射。

【译文】

密密丛林莽苍苍，林中野鸡来栖息。善良姑娘身材高，美德使我受教益。酒宴热闹又快乐，爱你永远不厌弃。

虽无旨酒，式饮庶几。虽无嘉肴，式食庶几。虽无德与女，式歌且舞。

【译文】

虽然酒味不算美，愿你也能喝几杯。虽然菜肴味不好，愿你也能吃几口。虽无恩惠给予你，望你歌舞庆宴会。

陟彼高冈，析其柞薪。析其柞薪，其叶湑兮。鲜我觏尔，我心写兮。

【译文】

登上高高那山冈，砍下柞木当柴薪。砍下柞木当柴薪，它的叶子多茂盛。今天有幸见到你，我心忧愁全不见。

高山仰止，景行行止。四牡騑騑，六辔如琴。觏尔新昏，以慰我心。

【译文】

德如高山人景仰，德如大道人遵循。四匹公马不停蹄，六根缰绳如琴弦。看见你来行婚礼，我心这才免悬念。

青　蝇

营营青蝇，止于樊。岂弟君子，无信谗言。

【译文】

青头苍蝇嗡嗡飞，飞到篱笆上面停。开朗平易的君子，不要相信那谗言。

营营青蝇，止于棘。谗人罔极，交乱四国。

【译文】

青头苍蝇嗡嗡飞，飞到酸枣树上停。谗人说话没定准，搅得各国不安宁。

营营青蝇，止于榛。谗人罔极，构我二人。

【译文】

青头苍蝇嗡嗡飞，飞到榛树上面停。谗人说话没定准，离间咱们两个人。

宾之初筵

宾之初筵，左右秩秩。笾豆有楚，殽核维旅。酒既和旨，饮酒孔偕。钟鼓既设，举酬逸逸。大侯既抗，弓矢斯张。射夫既同，献尔发功。发彼有的，以祈尔爵。

【译文】

来宾入座开宴席，宾主谦让守礼节。餐具排排摆设开，菜呀果呀全陈列。酒味香醇且甜美，大伙一起举酒杯。钟鼓乐器都齐备，往来敬酒频频来。虎皮靶子竖起来，张弓搭箭已整理。射手云集靶场上，各显其能试身手。一箭若中那靶心，那就大杯请你饮。

籥舞笙鼓，乐既和奏。烝衎（kàn）烈祖，以洽百礼。百礼既至，有壬有林。锡尔纯嘏，子孙其湛。其湛曰乐，各奏尔能。宾载手仇，室人入又。酌彼康爵，以奏尔时。

【译文】

执钥起舞笙鼓响，众乐齐奏声铿锵。祖宗灵前进娱乐，按礼行事神来享。祭礼周到又完备，隆重盛大又堂皇。神灵赐你大福气，子孙个个都欢畅。人人欢喜又快乐，各献其能射靶场。来宾各自找对手，主人相陪比短长。斟上满满一杯酒，祝你胜利进一觞。

宾之初筵，温温其恭。其未醉止，威仪反反。曰既醉止，威仪幡幡。舍其坐迁，屡舞仙仙。其未醉止，威仪抑抑。曰既醉止，威仪怭怭（bì）。是曰既醉，不知其秩。

【译文】

来宾入座开宴席，恭恭敬敬很温雅。喝酒的人还没醉，行为举止且自爱。酒过三巡醉态露，行为举止变轻率。坐着站着无礼法，手舞足蹈跳起来。他们还没醉酒时，行为举止还安泰。那些已经喝醉的，威仪已失任胡来。喝酒既然已喝醉，不知规矩就失态。

宾既醉止，载号载呶（náo）。乱我笾（biān）豆，屡舞僛（qī）僛。是曰既醉，不知其邮。侧弁之俄，屡舞傞（suō）傞。既醉而出，并受其福。醉而不出，是谓伐德。饮酒孔嘉，维其令仪。

【译文】

客人已经喝醉了，又是叫来又是闹。锅碗盆盏都打乱，多次乱舞身欲倒。还说这是喝醉酒，糊里糊涂不害臊。头上歪戴鹿皮帽，疯疯癫癫跳舞蹈。如果喝醉就离席，大家托福都叫好。喝醉仍然不离席，此人就是缺德佬。宴会喝酒本好事，礼貌秩序须顾到。

凡此饮酒，或醉或否。既立之监，或佐之史。彼醉不臧，不醉反耻。式勿从谓，无俾大怠。匪言勿言，匪由勿语。由醉之言，俾出童羖（gǔ）。三爵不识，矧敢多又！

【译文】

凡是这种饮酒者，有人清醒有醉倒。设立酒监察礼节，再派史官作记录。醉酒本来是坏事，反以不醉为羞耻。劝君勿听人劝酒，不要失礼悔太迟。不该说时别说话，不知缘由别打岔。喝醉之人若乱讲，让他把无角公羊输。才饮三杯就迷糊，怎敢给他再添酒！

小雅·鱼藻之什

鱼　藻

鱼在在藻，有颁其首。王在在镐，岂乐饮酒。

【译文】

鱼在水藻里游，露出大大的头。周王住在镐京，乐呵呵地饮酒。

鱼在在藻，有莘其尾。王在在镐，饮酒乐岂。

【译文】

鱼在水藻里游，露出长长的尾。周王住在镐京，饮酒好欢喜。

鱼在在藻，依于其蒲。王在在镐，有那其居。

【译文】

鱼在水藻里游，贴着香蒲游过。周王住在镐京，居处宫室真安乐。

采　菽

采菽采菽，筐之筥之。君子来朝，何锡予之？虽无予之，路车乘马。又何予之？玄衮及黼。

【译文】

采大豆呀采大豆，方筐圆筐往里装。诸侯前来朝天子，天子用啥去赐赏？纵使没有厚赏赐，赐予华车四匹马。此外还有什么赏？花纹礼服绣龙裳。

觱（bì）沸槛泉，言采其芹。君子来朝，言观其旂。其旂淠（pèi）淠，鸾声嘒嘒（huì）。载骖载驷，君子所届。

【译文】

泉水汩汩向上涌，来到泉边采水芹。诸侯前来朝天子，瞻望旌旗分卑尊。旌旗林立色缤纷，旗上铃声如鸾鸣。驾着三马四马车，诸侯各到那里停。

赤芾在股，邪幅在下。彼交匪纾，天子所予。乐只君子，天子命之。乐只君子，福禄申之。

【译文】

红皮蔽膝垂到股，绑腿斜缠小腿上。不急不慢风度好，这是天子所奖赏。诸侯公爵真快乐，天子策命赐嘉奖。诸侯公爵真快乐，洪福厚禄从天降。

维柞之枝，其叶蓬蓬。乐只君子，殿天子之邦。乐只君子，万福攸同。平平左右，亦是率从。

【译文】

柞树枝条长又长，叶子茂密多兴旺。诸侯公爵真快乐，辅佐天子镇四方。诸侯公爵真快乐，万种福禄都安享。左右臣子很能干，顺从君命安国邦。

泛泛杨舟，绋缅维之。乐只君子，天子葵之。乐只君子，福禄膍（pí）之。优哉游哉，亦是戾矣。

【译文】

杨木船儿河中荡，系住不动靠绳缆。诸侯公爵真快乐，天子考察又衡量。诸侯公爵真快乐，厚赐福禄有嘉奖。从容自得多闲适，生活安定清福享。

角 弓

骍（xīng）骍角弓，翩其反矣。兄弟昏姻，无胥远矣。

【译文】

张弛便利的角弓，不张就想往外翻。对兄弟和亲家，千万不要疏远。

尔之远矣，民胥然矣。尔之教矣，民胥效矣。

【译文】

你若疏远亲和眷，人民就会学着干。你教人民来为善，他们就会来照办。

此令兄弟，绰绰有裕。不令兄弟，交相为瘉（yù）。

【译文】

兄弟和好不倾轧，宽宏大量相包涵。兄弟和好不倾轧，互相残害成祸患。

民之无良，相怨一方。受爵不让，至于己斯亡。

【译文】

如今人们不善良，不责自己怨对方。接受爵禄不相让，自己不善行为全忘光。

老马反为驹，不顾其后。如食宜饇（yù），如酌孔取。

【译文】

老马反当驹使唤，不管以后怎么办。如果吃饭就吃饱，如果喝酒该斟满。

毋教猱升木，如涂涂附。君子有徽猷，小人与属。

【译文】

猕猴上树不用教，又像泥上附着泥。大人先生有善行，小人自然来相依。

雨雪瀌（biāo）瀌，见晛（xiàn）曰消。莫肯下遗，式居娄骄。

【译文】

纷纷雪花满天飘，太阳出来就融消。小人对下不谦虚，态度神气很骄傲。

雨雪浮浮，见晛曰流。如蛮如髦，我是用忧。

【译文】

大雪纷纷飘悠悠，太阳一出化水流。不通情理如蛮夷，我的忧心乱如麻。

菀 柳

有菀者柳，不尚息焉？上帝甚蹈，无自昵焉。俾予靖之，后予极焉。

【译文】

柳树枝叶真茂密，谁不想树下休息？君王喜怒太无常，莫亲近他讨苦吃。当初邀我商国事，后来竟将我贬斥。

有菀者柳，不尚愒（qì）焉？上帝甚蹈，无自瘵（jì）焉。俾予靖之，后予迈焉。

【译文】

柳树枝叶真繁茂，谁不想树下乘凉？君王喜怒太无常，别亲近他找祸殃。当初邀我商国事，后来却将我流放。

有鸟高飞，亦傅于天。彼人之心，于何其臻？曷予靖之，居以凶矜？

【译文】

鸟儿展翅高高飞，一直向上飞到天。那人心思难捉摸，何处才能达到边？为啥邀我商国事，却使我遭凶险真可怜？

都人士

彼都人士，狐裘黄黄。其容不改，出言有章。行归于周，万民所望。

【译文】

那王都来的男子，狐皮衣服罩黄衫。他的装束有定式，他的谈吐有文采。将要回到镐京去，万民盼望他再来。

彼都人士，台笠缁撮。彼君子女，绸直如发。我不见兮，我心不说。

【译文】

那王都来的男子，头戴草帽黑布冠。那贵族家的女子，头发理顺如绸缎。我没看见他们，心里郁闷不喜欢。

彼都人士，充耳琇实。彼君子女，谓之尹吉。我不见兮，我心苑结。

【译文】

那王都来的男子，耳旁垂着小圆石。那贵族家的女子，人家称她为尹吉。我没看见他们，心中忧郁难消释。

彼都人士，垂带而厉。彼君子女，卷发如虿（chài）。我不见兮，言从之迈。

【译文】

那王都来的男子，腰间衣带往下垂。那贵族家的女子，发束后翘如蝎尾。我没有看见他们，想跟随把他们追。

匪伊垂之，带则有余。匪伊卷之，发则有旟。我不见兮，云何盱矣！

【译文】

不是故意垂冠带，冠带本来细又长。不是故意卷鬓发，鬓发天生高高扬。不能见到姑娘面，心中怎么不悲伤！

采　绿

终朝采绿，不盈一匊。予发曲局，薄言归沐。

【译文】

采摘荩草一早晨，采得一捧还不满。我的头发乱蓬蓬，回家洗净再打扮。

终朝采蓝，不盈一襜（chān）。五日为期，六日不詹。

【译文】

采摘蓝草一早晨，撩起衣襟兜不满。丈夫说好五天归，过了六天还不回。

之子于狩，言韔（chàng）其弓。之子于钓，言纶之绳。

【译文】

丈夫如果去打猎，我就为他装弓箭。丈夫如果想钓鱼，我就为他缠鱼线。

其钓维何？维鲂及鲊。维鲂及鲊，薄言观者。

【译文】

丈夫钓到什么鱼？既有花鲢又有鳊。既有花鲢又有鳊，你钓鱼来我来看。

黍　苗

芃芃黍苗，阴雨膏之。悠悠南行，召伯劳之。

【译文】

黍苗蓬勃多喜人，全靠好雨来滋润。南行虽然路遥远，召伯慰劳暖人心。

我任我辇，我车我牛。我行既集，盖云归哉！

【译文】

有的拉车有的扛，马车牛车运输忙。建筑谢城已完工，何不大家回家乡!

我徒我御，我师我旅。我行既集，盖云归处!

【译文】

我们乘车又徒步，我们排成队伍走。我们筑城已结束，干吗还不回家住!

肃肃谢功，召伯营之。烈烈征师，召伯成之。

【译文】

快速修建谢邑城，召伯苦心来经营。出工群众真热烈，召伯用心组织成。

原隰既平，泉流既清。召伯有成，王心则宁。

【译文】

高原低地已整平，泉水河流已治清。召伯大功已告成，周王欢喜才安心。

隰　桑

隰桑有阿，其叶有难。既见君子，其乐如何!

【译文】

洼地桑树多婀娜，枝叶柔嫩又茂盛。已经见到心上人，别提心里多高兴！

隰桑有阿，其叶有沃。既见君子，云何不乐？

【译文】

洼地桑树多婀娜，叶子柔嫩又肥沃。已经见到心上人，心里怎么不快乐？

隰桑有阿，其叶有幽。既见君子，德音孔胶。

【译文】

洼地桑树多么美，叶子色深黑黝黝。已经见到心上人，互诉衷情意相投。

心乎爱矣，遐不谓矣？中心藏之，何日忘之？

【译文】

内心深处爱着他，何不对他把话讲？思念之情藏心底，何日才能把他忘？

白　华

白华菅兮，白茅束兮。之子之远，俾我独兮。

【译文】

菅草结白花，白茅束着它。那人去远方，留我守空家。

英英白云，露彼菅茅。天步艰难，之子不犹。

【译文】

天上白云降甘露，地下菅茅受滋润。怨我命运太艰难，恨他还不如白云。

滮（biāo）池北流，浸彼稻田。啸歌伤怀，念彼硕人。

【译文】

池缓缓向北边，灌溉着沿岸稻田。长声歌咏好伤心，把那高个儿来思念。

樵彼桑薪，卬烘于煁（chén）。维彼硕人，实劳我心。

【译文】

砍来桑枝当柴烧，我在炉边把身烤。那个女子个儿高，实在害得我苦恼。

鼓钟于宫，声闻于外。念子懆（cǎo）懆，视我迈迈。

【译文】

宫廷里面敲大钟，钟声总要传出宫。想你想得心不安，你却对我怒冲冲。

有鹙（qiū）在梁，有鹤在林。维彼硕人，实劳我心。

【译文】

秃鹙停在石梁，仙鹤栖在树林。那个高个美人，实在操劳我心。

鸳鸯在梁，戢其左翼。之子无良，二三其德。

【译文】

鸳鸯停在石梁，把嘴插进左翼。这人品性不良，再三改变心意。

有扁斯石，履之卑兮。之子之远，俾我疧（qí）兮。

【译文】

石头扁又平，踏着仍嫌低。那人远离我，忧思成心疾。

绵　蛮

绵蛮黄鸟，止于丘阿。道之云远，我劳如何。饮之食之，教之诲之。命彼后车，谓之载之。

【译文】

叽叽喳喳小黄鸟，栖息在那山坳上。道路漫长又遥远，奔波劳累真艰难。让他喝水又吃饭，传言教诲把他劝。叫那随从的副车，让他坐上也不妨。

绵蛮黄鸟，止于丘隅。岂敢惮行？畏不能趋。饮之食之，教之诲之。命彼后车，谓之载之。

【译文】

叽叽喳喳小黄鸟，山角落里来歇息。哪里是怕徒步走？只怕路远来不及。让他吃饱又喝足，教他劝他别泄气。叫那随从的副车，让他坐上别着急。

绵蛮黄鸟，止于丘侧。岂敢惮行？畏不能极。饮之食之，教之诲之。命彼后车，谓之载之。

【译文】

叽叽喳喳小黄鸟，栖息在那山丘边。哪里是怕徒步走？就怕难以到终点。让他吃饱又喝足，教他劝他好好干。叫那随从的副车，让他坐上把路赶。

瓠 叶

幡（fān）幡瓠叶，采之亨之。君子有酒，酌言尝之。

【译文】

瓠叶上下翻，摘来煮菜汤。君子酿有酒，舀来尝一尝。

有兔斯首，炮之燔之。君子有酒，酌言献之。

【译文】

这儿有只兔，泥裹火烤香喷喷。君子酿有酒，斟满酒杯敬客人。

有兔斯首，燔之炙之。君子有酒，酌言酢之。

【译文】

这儿有只兔，又烧又烤香喷喷。君子酿有酒，宾客回敬满杯斟。

有兔斯首，燔之炮之。君子有酒，酌言酬之。

【译文】

这儿有只兔，有的烤来有的煨。君子酿有酒，宾主相敬都干杯。

渐渐之石

渐（chán）渐之石，维其高矣。山川悠远，维其劳矣。武人东征，不遑朝矣。

【译文】

满山石头好陡峭，非常危险非常高。山又多来水又遥，日夜行军路迢迢。将帅士兵去东征，军情紧急天未晓。

渐渐之石，维其卒矣。山川悠远，曷其没矣。武人东征，不遑出矣。

【译文】

高耸怪石堆满山，实在高峻实在险。山又高来水又长，征途何日能走完。将帅士兵去东征，勇往直前不想还。

有豕白蹢（dí），烝涉波矣。月离于毕，俾滂沱矣。武人东征，不遑他矣。

【译文】

白蹄大肥猪，成群水行。月亮靠毕宿，将有大雨淋。战士去东征，誓死无二心。

苕之华

苕（tiáo）之华，芸其黄矣。心之忧矣，维其伤矣！

【译文】

凌霄藤开花，颜色黄又黄。心中多忧愁，该有多悲伤！

苕之华，其叶青青。知我如此，不如无生。

【译文】

开花凌霄藤，叶子青又青。早知我这样，不如不要生。

牂（zāng）羊坟首，三星在罶（liǔ）。人可以食，鲜可以饱。

【译文】

身瘦头大一雌羊，鱼笼只有三星照。虽然也算有饭吃，很少有人能吃饱。

何草不黄

何草不黄？何日不行？何人不将？经营四方。

【译文】

何草不枯黄？何日不奔忙？何人不出征？往来奔四方。

何草不玄？何人不矜？哀我征夫，独为匪民。

【译文】

哪种野草不枯烂？哪个不是单身汉？可怜我们出征人，偏偏不被当人看。

匪兕匪虎，率彼旷野。哀我征夫，朝夕不暇。

【译文】

那些犀牛和老虎，天天走在旷野中。可怜我们出征人，整日里没有闲空。

有芃者狐，率彼幽草。有栈（zhàn）之车，行彼周道。

【译文】

狐狸尾巴毛蓬松，深草丛中乱奔忙。征夫驾着高棚车，走在漫长大路上。

大雅·文王之什

文　王

文王在上，於（wū）昭于天。周虽旧邦，其命维新。有周不显，帝命不时。文王陟降，在帝左右。

【译文】

文王神灵在天上，他的光辉天照亮。岐周虽是旧邦国，接受天命新气象。周朝四海威名扬，天命适时而恰当。文王神灵升又降，常在上帝的身旁。

亹（wěi）亹文王，令闻不已。陈锡哉周，侯文王孙子。文王孙子，本支百世。凡周之士，不显亦世。

【译文】

勤勤恳恳周文王，美好德誉传四方。世代赐他兴周朝，文王子孙常兴旺。文王子孙长繁衍，子孙嫡庶百代昌。凡是周朝众官员，世代显赫有荣光。

世之不显，厥犹翼翼。思皇多士，生此王国。王国克生，维周之桢。济济多士，文王以宁。

【译文】

世代显赫有荣光，处事谨慎又周详。贤士众多皆俊杰，有幸此生在周邦。周朝能出众贤士，都是国家好栋梁。人才济济满庙堂，文王以此心安详。

穆穆文王，於缉熙敬止。假哉天命，有商孙子。商之孙子，其丽不亿。上帝既命，侯于周服。

【译文】

严肃和蔼周文王，谨慎光明又善良。上天意志多伟大，殷商子孙来归降。殷商子孙实在多，数以亿计难估量。上帝既然做安排，殷商称臣服周邦。

侯服于周，天命靡常。殷士肤敏，祼（guàn）将于京。厥作祼将，常服黼冔（xǔ）。王之荩臣，无念尔祖。

【译文】

殷商称臣服周邦，可见天命并无常。殷人惠美而聪明，来京助祭陪周王。祭祀浇酒行礼时，仍然身着殷时装。周王手下各位臣，牢记祖德永勿忘。

无念尔祖，聿修厥德。永言配命，自求多福。殷之未丧师，克配上帝。宜鉴于殷，骏命不易。

【译文】

牢记祖德永不忘，继承祖德保安康。永顺天命不相违，求得福禄靠自强。殷商政治清明时，也曾顺应上天意。借鉴殷商兴亡事，天命归周不容易。

命之不易，无遏尔躬。宣昭义问，有虞殷自天。上天之载，无声无臭。仪刑文王，万邦作孚。

【译文】

天命归周不容易，天命别断你手上。光大文王好名声，殷商灭亡天命定。上天意志难揣测，没有气味没声响。只有效法周文王，万邦诸侯都敬仰。

大　明

明明在下，赫赫在上。天难忱斯，不易维王。天位殷适，使不挟四方。

【译文】

文王明德天上扬，赫赫神灵显天上。天命确实难相信，君王着实不易当。天意曾让纣为王，却又使他失四方。

挚仲氏任，自彼殷商。来嫁于周，曰嫔于京。乃及王季，维德之行。大任有身，生此文王。

【译文】

挚国任家二姑娘，她从殷商地出发。出嫁到我周国来，嫁到京城做新娘。王季于是有佳偶，为善积德美名扬。太任很快怀身孕，人间诞生周文王。

维此文王，小心翼翼。昭事上帝，聿怀多福。厥德不回，以受方国。

【译文】

就是这位周文王，办事小心又善良。明白如何侍上帝，受得福禄无限量。他的品德真纯正，各国归附有名望。

天监在下，有命既集。文王初载，天作之合。在洽之阳，在渭之涘。文王嘉止，大邦有子。

【译文】

上天监视看下方，天命属意周文王。文王继承王位时，上天给他配新娘。新娘家住洽水北，在那清清渭水旁。文王即刻行婚礼，大国出位好姑娘。

大邦有子，伣（qiàn）天之妹。文定厥祥，亲迎于渭。造舟为梁，不显其光。

【译文】

大国出位好姑娘，好似天上仙女样。选定成婚吉祥日，文王迎亲渭水旁。木船相连当桥梁，婚礼体面真辉煌。

有命自天，命此文王。于周于京，缵（zuǎn）女维莘。长子维行，笃生武王。保右命尔，燮（xiè）伐大商。

【译文】

上天之命由天降，命令赐予周文王。定号为周在京都，莘国有位好姑娘。长女太姒嫁文王，婚后生下周武王。天命保佑周武王，联合诸侯讨殷商。

殷商之旅，其会如林。矢于牧野，维予侯兴。上帝临女，无贰尔心！

【译文】

殷商军队来作战，集合起来像森林。武王誓师在牧野："我军势头正兴旺。上帝监视着你们，你们不要怀二心。"

牧野洋洋，檀车煌煌，驷騵（yuán）彭彭。维师尚父，时维鹰扬。凉彼武王，肆伐大商，会朝清明。

【译文】

广阔牧野作战场，檀木兵车亮堂堂，四匹红马真雄壮。三军统帅尚父当，犹如雄鹰在飞扬。一心辅佐周武王，纵兵进击伐殷商，早晨战斗结束从此天下安康。

绵

绵绵瓜瓞（dié）。民之初生，自土沮漆。古公亶（dǎn）父，陶复陶穴，未有家室。

【译文】

大瓜小瓜连藤生。我们周国的祖先，从杜来到漆水边。古公亶父建家园，为挡风雨挖窑洞，没有宫殿没有房。

古公亶父，来朝走马。率西水浒，至于岐下。爰及姜女，聿来胥宇。

【译文】

先祖古公名父，清晨赶路骑上马。沿着渭水向西迁，一直走到岐山下。他与妻子名太姜，察看选择定居处。

周原膴膴，堇荼如饴。爰始爰谋，爰契我龟。曰止曰时，筑室于兹。

【译文】

平原肥沃又宽广，苦菜细嚼如蜜糖。认真思考又谋划，执龟占卜问于卦。卜辞说此可居住，在此建屋最吉祥。

乃慰乃止，乃左乃右。乃疆乃理，乃宣乃亩。自西徂东，周爰执事。

【译文】

这才安心住岐地，这边那边同开荒。丈量田地划疆界，挖沟开渠垄成行。从东到西一片地，男女老少干活忙。

乃召司空，乃召司徒，俾立室家。其绳则直，缩版以载，作庙翼翼。

【译文】

召来司空管土地，工程役工司徒掌，命令周民建新房。筑墙拉绳直又长，夹板竖立筑土墙，宗庙建起真雄壮。

捄（jū）之陾（réng）陾，度之薨薨。筑之登登，削屡冯冯。百堵皆兴，鼛（gāo）鼓弗胜。

【译文】

抬筐运土人众多，倒土轰轰如雷鸣。筑墙之声相呼应，铲削墙壁声砰砰。百堵墙壁筑起来，喜庆鼓声响不停。

乃立皋门，皋门有伉。乃立应门，应门将将。乃立冢土，戎丑攸行。

【译文】

建起王都外城门，城门高大好雄伟。建起宫殿大正门，正门雄伟又庄严。建起高大祭神庙，众人前往同祈祷。

肆不殄厥愠，亦不陨厥问。柞棫拔矣，行道兑矣。混夷駾（tuì）矣，维其喙矣。

【译文】

虽未尽消夷狄恨，文王声誉也未损。柞棫野树都拔尽，交通要道疏理清。混夷败退急奔走，气喘吁吁甚疲倦。

虞芮质厥成，文王蹶（jué）厥生。予曰有疏附，予曰有先后。予曰有奔奏，予曰有御侮。

【译文】

虞国芮国相争请求评论，文王德政感动他们。德政能使疏者变亲，我有人才参预国政。我有贤人奔走效力，我有猛将克敌制胜。

棫 朴

芃芃棫朴，薪之槱（yǒu）之。济济辟王，左右趣之。

【译文】

茂盛树朴树林，砍作柴烧来祭神。周王庄严又恭敬，左右紧随谨遵命。

济济辟王，左右奉璋。奉璋峨峨，髦士攸宜。

【译文】

周王庄严又恭敬，左右大臣捧玉璋。捧着玉璋真端庄，俊士做得很恰当。

淠（pì）彼泾舟，烝徒楫之。周王于迈，六师及之。

【译文】

泾水行船哗哗响，众人划桨手不停。周王出兵去远征，后面跟着堂堂六军。

倬彼云汉，为章于天。周王寿考，遐不作人？

【译文】

银河灿烂又鲜明，天穹绘上美彩纹。周王年老已高龄，何不抓紧树新人？

追琢其章，金玉其相。勉勉我王，纲纪四方。

【译文】

他的仪表如雕花刻纹，他的品质如美玉良金。我们周王操劳不停，把天下四方治理经营。

旱　麓

瞻彼旱麓，榛楛（hù）济济。岂弟君子，干禄岂弟。

【译文】

遥望旱山那山脚，榛树楛树好繁茂。善良平易好君子，品德高尚得福气。

瑟彼玉瓒，黄流在中。岂弟君子，福禄攸降。

【译文】

祭神玉瓒好光亮，金黄米酒盛中间。善良平易好君子，福禄降到他身边。

鸢飞戾天，鱼跃于渊。岂弟君子，遐不作人？

【译文】

鹞鹰扇翅飞上天，鱼儿跳跃在深渊。善良平易好君子，何不让人才大批涌现？

清酒既载，骍牡既备。以享以祀，以介景福。

【译文】

清醇美酒已斟满，红色公牛已备好。献酒献牲祭祖先，祈求大福能得到。

瑟彼柞棫，民所燎矣。岂弟君子，神所劳矣。

【译文】

密密一片柞棫林，砍下烧火祭神灵。善良平易好君子，神灵保佑百事成。

莫莫葛藟，施于条枚。岂弟君子，求福不回。

【译文】

蔓延葛藤长又长，蔓延缠在枝干上。善良平易好君子，祈求福禄循正道。

思　齐

思齐大任，文王之母。思媚周姜，京室之妇。大姒嗣徽音，则百斯男。

【译文】

仪态庄重的太任，她是文王的母亲。柔顺可爱的周姜，就是文王的妻子。太姒继承她们好名声，养育众多的子孙。

惠于宗公，神罔时怨，神罔时恫。刑于寡妻，至于兄弟，以御于家邦。

【译文】

文王孝顺先祖宗，神灵欢喜无怨容，神灵放心不伤痛。文王以礼待正妻，对待兄弟也循礼，以此治国国家兴。

雍雍在宫，肃肃在庙。不显亦临，无射亦保。

【译文】

文王在宫平易从容，文王在宗庙恭敬稳重。亲临百姓德行光明，安民治国不知疲倦。

肆戎疾不殄，烈假不瑕。不闻亦式，不谏亦入。

【译文】

战争瘟疫不害王，功业伟大无缺点。听到善言就采用，忠言劝告记在心。

肆成人有德，小子有造。古之人无斁（yì），誉髦斯士。

【译文】

不仅成人品德好，儿童弟子可造就。文王育才永不倦，乐于选拔贤能人。

皇　矣

皇矣上帝，临下有赫。监观四方，求民之莫。维此二国，其政不获。维彼四国，爰究爰度。上帝耆之，憎其式廓。乃眷西顾，此维与宅。

【译文】

上帝光明又伟大，俯视人间能明察。洞察全国四方事，保佑人间得安宁。回想前朝夏与商，政事不勤失民心。思量四方诸侯国，深思熟虑来谋划。上帝偏爱西周地，有心扩大它边疆。于是回头望西方，同住岐山助周王。

作之屏之，其菑其翳。修之平之，其灌其栵（liè）。启之辟之，其柽（chēng）其椐（jū）。攘之剔之，其檿（yǎn）其柘。帝迁明德，串夷载路。天立厥配，受命既固。

【译文】

砍掉那些枯朽木，病树枯木全扫光。修理砍平那杂树，砍掉灌木和新枝。砍掉路间杂枝木，不管柽柳或椐树。精心修剪除繁枝，无论山桑或黄桑。上帝降福有德人，西夷失败便逃亡。上帝立太王为天子，政权巩固国兴旺。

帝省其山，柞棫斯拔，松柏斯兑。帝作邦作对，自大伯王季。维此王季，因心则友。则友其兄，则笃其庆。载锡之光，受禄无丧，奄有四方。

【译文】

上帝视察众山峦，柞树棫树都拔光，松柏挺立郁苍苍。上帝始立周王国，太伯王季始开创。这位王季好品德，诚心待人如亲友。他对胞兄更友爱，对人更是有厚赏。天赐王位显荣光，永享福禄保安康，统一天下疆域广。

维此王季，帝度其心，貊其德音。其德克明，克明克类，克长克君。王此大邦，克顺克比。比于文王，其德靡悔。既受帝祉，施于孙子。

【译文】

这位王季真善良，上帝使他能把是非分，他的美名播四方。他能明辨是和非，区别坏人和善良，堪称师范好君王。在此大国当君主，上下和顺人心向。到了文王接王位，人民爱戴德高尚。既受上帝赐福禄，子孙万代绵绵长。

帝谓文王：无然畔援，无然歆羡，诞先登于岸。密人不恭，敢距大邦，侵阮徂共。王赫斯怒，爰整其旅，以按徂旅，以笃于周祜，以对于天下。

【译文】

上帝告诉周文王，不要放纵太狂妄，莫羡他人当自强，加强修养德高尚。密国人太不恭顺，竟敢抗拒周大邦，侵犯阮国袭共国。文王勃然大震怒，整顿军队去抵抗，阻止敌人向莒闯，增添周国福与禄，民心安稳定四方。

依其在京，侵自阮疆，陟我高冈。无矢我陵，我陵我阿。无饮我泉，我泉我池。度其鲜原，居岐之阳，在渭之将。万邦之方，下民之王。

【译文】

密军占领我高地，自阮入侵我边境。我帅登山发命令：不许敌人来驻扎，无论大山或丘陵。不许敌人来饮水，无论流泉或池边。山地平原细挑选，决定迁居岐山南，居住渭水河旁边。周是万国好榜样，周王是百姓好君王。

帝谓文王：予怀明德，不大声以色，不长夏以革。不识不知，顺帝之则。帝谓文王：询尔仇方，同尔兄弟。以尔钩援，与尔临冲，以伐崇墉。

【译文】

上帝郑重告文王：美好品德我喜欢，不迷音乐与美色，不赖棍棒与鞭刑。温顺谦让淳朴又忠厚，一切顺从上帝的规则。上帝再次告文王：求教友邦要协作，联合兄弟结盟约。用你大钩和戈刀，驾乘临车和冲车，率领千军伐崇国。

临冲闲闲，崇墉言言。执讯连连，攸馘（guó）安安。是类是祃（mà），是致是附，四方以无侮。临冲茀（fú）茀，崇墉仡仡。是伐是肆，是绝是忽，四方以无拂。

【译文】

临车冲车声势壮，崇国城墙高又长。捉来俘虏连成串，割下耳朵装满筐。祭祀天神祈胜利，安抚残敌招他降，各国不敢侮周邦。临车冲车威力强，崇国城墙高又广。冲锋陷阵士气旺，消灭崇军有威望，各国不敢再违抗。

灵　台

经始灵台，经之营之。庶民攻之，不日成之。经始勿亟，庶民子来。

【译文】

文王动手修灵台，细心经营巧安排。黎民百姓都来干，不到几天修起来。建台本来不需急，百姓起劲自动来。

王在灵囿，麀（yōu）鹿攸伏。麀鹿濯濯，白鸟翯（hè）翯。王在灵沼，於（wū）牣鱼跃。

【译文】

文王游览到灵苑，对对麋鹿地上玩。母鹿肥大毛色润，只只鸟儿毛洁白。文王游览到灵沼，满池鱼儿欢跳跃。

虡（jù）业维枞（cōng），贲鼓维镛。於论鼓钟，於乐辟雍。

【译文】

木架大板崇牙耸，挂着大鼓和大钟。钟鼓齐鸣相应和，国王享乐在离宫。

於论鼓钟，於乐辟雍。鼍鼓逢逢，蒙瞍奏公。

【译文】

钟鼓声音多和谐，国王享乐在离宫。鳄鱼皮鼓响咚咚，盲人乐师祝成功。

下 武

下武维周，世有哲王。三后在天，王配于京。

【译文】

只有周国后继有人，代代都有英明国君。三位先王已经升天，武王配做镐京主人。

王配于京，世德作求。永言配命，成王之孚。

【译文】

武王镐京做国君，祖传美德都继承。永远顺应上天命，成王守信好品行。

成王之孚，下土之式。永言孝思，孝思维则。

【译文】

成王诚信好品德，堪称百姓好榜样。孝道永远记心上，这才是治国之纲。

媚兹一人，应侯顺德。永言孝思，昭哉嗣服。

【译文】

人们爱戴周武王，继承祖德国运昌。孝道永远记心上，继承王业远名扬。

昭兹来许，绳其祖武。於万斯年，受天之祜。

【译文】

继承王业远名扬，继承祖业永世昌。国福绵绵万年长，受天福禄永兴旺。

受天之祜，四方来贺。於万斯年，不遐有佐。

【译文】

受天福禄永兴旺，四方来贺庆吉祥。国福绵绵万年长，怎无辅佐作屏障。

文王有声

文王有声，遹（yù）骏有声。遹求厥宁，遹观厥成。文王烝哉！

【译文】

文王美誉传四方，继承祖德有名望。力求人民得安宁，再求功成国运强。伟大国君周文王！

文王受命，有此武功。既伐于崇，作邑于丰。文王烝哉！

【译文】

文王受命封西伯，立下武功真辉煌。举兵讨伐崇侯虎，迁都丰邑好地方。伟大国君周文王！

筑城伊淢（xù），作丰伊匹。匪棘其欲，遹追来孝。王后烝哉！

【译文】

挖了壕沟筑起墙，丰邑规模也相当。个人欲望不贪图，孝顺祖先与周邦。伟大国君周文王！

王公伊濯，维丰之垣。四方攸同，王后维翰。王后烝哉！

【译文】

文王功业真辉煌，他像丰都高城墙。四方同心齐归附，文王天下好栋梁。伟大国君周文王！

丰水东注，维禹之绩。四方攸同，皇王维辟。皇王烝哉！

【译文】

沣水滔滔入黄河，大禹功绩不磨灭。四方同心齐归附，君临天下是楷模。伟大国君美名播！

镐京辟雍，自西自东，自南自北，无思不服。皇王烝哉！

【译文】

离宫落成在镐京，无论从西走到东，还是从南走到北，人人服从我周邦。伟大国君周文王！

考卜维王，宅是镐京。维龟正之，武王成之。武王烝哉！

【译文】

文王占卜问上苍，定居镐京很吉祥。迁都决策神龟定，武王功成德无量。伟大国君周文王！

丰水有芑，武王岂不仕？诒厥孙谋，以燕翼子。武王烝哉！

【译文】

沣水岸边长满苕菜，武王难道无所作为？安民韬略传给子孙，帮助他们安定王业。武王真是伟大人君！

大雅·生民之什

生　民

厥初生民，时维姜嫄。生民如何？克禋（yīn）克祀，以弗无子。履帝武敏歆，攸介攸止。载震载夙，载生载育，时维后稷。

【译文】

最早周人生人间，他的母亲是姜嫄。如何生下周祖先？能够虔诚祭上天，乞求吉祥生儿子。踩了上帝脚趾印，心有所动，于是她独室居住。身怀有孕行端庄，于是她生下儿子，这个儿子是后稷。

诞弥厥月，先生如达。不坼不副，无菑无害。以赫厥灵，上帝不宁。不康禋祀，居然生子。

【译文】

胎儿整整怀十月，头胎生子很顺畅。母体全无一点伤，母子安康无灾殃。显出灵异和吉祥，上帝原来心不定。上帝不满我失礼，结果生了此儿郎。

诞置之隘巷，牛羊腓字之。诞置之平林，会伐平林。诞置之寒冰，鸟覆翼之。鸟乃去矣，后稷呱（gū）矣。实覃实订（xū），厥声载路。

【译文】

把他放到小巷里，牛羊保护和爱抚。把他放到平原密林中，正碰上砍树人来救助。把他放在寒冰上，群鸟用翅膀来遮护。后来鸟儿刚飞走，后稷放声哇哇哭。哭声又长又响亮，哭声充满了道路。

诞实匍匐，克岐克嶷（nì），以就口食。艺之荏菽，荏菽旆旆。禾役穟（suì）穟，麻麦幪（měng）幪，瓜瓞唪（běng）唪。

【译文】

后稷刚会地上爬，就能分辨人和事，能够找食吃得饱。稍长还会种大豆，大豆茂盛长得好。种出谷子穗垂垂，麻麦茂密无杂种，瓜儿累累真不少。

诞后稷之穑，有相之道。茀厥丰草，种之黄茂。实方实苞，实种实褎（yòu），实发实秀，实坚实好，实颖实栗，即有邰家室。

【译文】

后稷善于种庄稼，他有一套好办法。拔除众多野杂草，及时种上良种稻。庄稼按时发芽打叶苞，按时由低长到高，按时拔节和开花，按时秆硬穗头大，按时灌浆谷粒饱，受封到邰成室家。

诞降嘉种，维秬（jù）维秠（pī），维穈（mén）维芑。恒之秬秠，是获是亩。恒之穈芑，是任是负，以归肇祀。

【译文】

后稷推广好种子，秬子秠子是良黍，穈子高粱植株粗。遍地秬子和秠子，收割完毕堆满垄。满地种上秬和秠，又挑又背往回送，回家神前祭神灵。

诞我祀如何？或舂或揄，或簸或蹂。释之叟叟，烝之浮浮。载谋载惟，取萧祭脂，取羝以軷（bá）。载燔载烈，以兴嗣岁。

【译文】

祭祀神灵怎么祭？有人舂米有人舀，有人簸来有人搓。淘米声音“簌簌”响，蒸米热气“噗噗”冒。又思考来又商量，拿来油脂和香蒿，宰杀公羊祭路神。又是烧来又是烤，祈求来年得兴旺。

卬盛于豆，于豆于登。其香始升，上帝居歆。胡臭亶时。后稷肇祀，庶无罪悔，以迄于今。

【译文】

我把祭品盛盘中，我把祭品盛豆登。香气开始往上升，上帝享受挺高兴：“何以香味这样浓？”自从后稷兴祭祀，几乎没有大灾难，平安无事到如今。

行　苇

敦彼行苇，牛羊勿践履。方苞方体，维叶泥泥。戚戚兄弟，莫远具尔。或肆之筵，或授之几。

【译文】

路边芦苇一片片，牛羊不要来踏践。芦苇发芽才长茎，叶儿茂盛软绵绵。兄弟之间多亲密，都要亲近莫疏远。于是有人铺竹席，有的摆好小茶几。

肆筵设席，授几有缉御。或献或酢，洗爵奠斝。醓（tǎn）醢（hǎi）以荐，或燔或炙。嘉肴脾臄，或歌或咢。

【译文】

摆好酒菜铺上席，侍者轮番端上桌。主人献酒客回敬，洗杯捧觞来回迟。带汤肉酱往上端，烧肉烤羊美无比。肝脾牛舌尽名菜，唱歌击鼓人人喜。

敦弓既坚，四鍭（hóu）既钧。舍矢既均，序宾以贤。敦弓既句，既挟四鍭。四鍭如树，序宾以不侮。

【译文】

彩绘雕弓多坚劲，四支利箭多匀称。拉弓放箭支支中，名列前茅为上宾。拉满雕弓弯又弯，四支利箭握在手。四箭中靶如手插，谦恭讲礼让上坐。

曾孙维主，酒醴维醹（rú）。酌以大斗，以祈黄耇。黄耇台背，以引以翼。寿考维祺，以介景福。

【译文】

成王是那东道主，那酒味道真醇厚。斟上美酒用大斗，以此祈求得长寿。对待黄发老寿星，又牵引来又搀扶。长命百岁最吉祥，保佑老人得大福。

既　醉

既醉以酒，既饱以德。君子万年，介尔景福。

【译文】

喝了美酒醉，饱享你恩惠。愿君万年寿，神赐你大福。

既醉以酒，尔殽既将。君子万年，介尔昭明。

【译文】

喝醉了你的美酒，你的菜肴质美味香。祝愿你万年长寿，神助你与日月齐光。

昭明有融，高朗令终。令终有俶，公尸嘉告。

【译文】

前程远大又光明，为善终有好名声。善终必有好开头，神主好话诫国君。

其告维何？笾豆静嘉。朋友攸摄，摄以威仪。

【译文】

神主好话说什么？竹笾木豆漂亮洁净。朋友们过来助祭，恭敬庄严心虔诚。

威仪孔时，君子有孝子。孝子不匮，永锡尔类。

【译文】

礼仪很得体，天子是孝子。孝子代代传，赐你好福气。

其类维何？室家之壸（kǔn）。君子万年，永锡祚胤。

【译文】

赐你福气是什么？王室昌盛更兴旺。祝你长寿达万年，福禄无疆子孙满堂。

其胤维何？天被尔禄。君子万年，景命有仆。

【译文】

子孙后代怎么样？天降福禄来保护。祝你长寿达万年，大命子孙来肩负。

其仆维何？釐（lài）尔女士。釐尔女士，从以孙子。

【译文】

天命归附将怎样？天赐才女做新娘。天赐才女做新娘，追随子孙传代长。

凫　鹥

凫鹥(yī)在泾，公尸来燕来宁。尔酒既清，尔殽既馨。公尸燕饮，福禄来成。

【译文】

河里野鸭鸥成群，神主宴饮享安宁。你的美酒多么清，你的佳肴香喷喷。神主光临来宴饮，福禄成全你大功。

凫鹥在沙，公尸来燕来宜。尔酒既多，尔殽既嘉。公尸燕饮，福禄来为。

【译文】

野鸭鸥鸟落沙滩，神主赴宴来游玩。你的美酒那样多，你的菜肴美又鲜。神主赴宴来饮酒，福禄助你来成功。

凫鹥在渚，公尸来燕来处。尔酒既湑，尔殽伊脯。公尸燕饮，福禄来下。

【译文】

野鸭鸥鸟在沙滩，神主赴宴心喜欢。你的美酒清又醇，下酒佳肴有肉干。神主光临来赴宴，天降福禄保平安。

凫鹥在潨（cóng），公尸来燕来宗。既燕于宗，福禄攸降。公尸燕饮，福禄来崇。

【译文】

野鸭鸥鸟在水池，神主赴宴受尊崇。神主宴饮受尊崇，天降福禄于你身。神主到此来赴宴，福禄到来无止境。

凫鹥在亹，公尸来止熏熏。旨酒欣欣，燔炙芬芬。公尸燕饮，无有后艰。

【译文】

鸭鸥聚集在峡门，神主宴饮甚欢欣。畅饮美酒味芳香，烧羊烤肉香诱人。神主光临来宴饮，今后不再有艰辛。

假乐

假乐君子，显显令德。宜民宜人，受禄于天。保右命之，自天申之。

【译文】

周王完美又和善，品德高尚心光明。能用贤臣能安民，领受福禄于上天。上天保佑来指点，上天告诫又劝勉。

干禄百福，子孙千亿。穆穆皇皇，宜君宜王。不愆不忘，率由旧章。

【译文】

千禄百福齐降临，子孙千亿数不清。个个肃敬又光明，为君为王各相称。没有过失不妄为，遵循旧制国太平。

威仪抑抑，德音秩秩。无怨无恶，率由群匹。受福无疆，四方之纲。

【译文】

仪表堂堂有风度，美好声誉永流传。没有私恨和私怨，依靠群臣把事办。受天福禄永无边，四方法纪不紊乱。

之纲之纪，燕及朋友。百辟卿士，媚于天子。不解于位，民之攸塈。

【译文】

君临天下王为首，安定诸侯和公卿。诸侯公卿都忠心，对他尊敬又喜欢。天子忠于自己职守，百姓对他很爱戴。

公　刘

笃公刘，匪居匪康。乃埸（yì）乃疆，乃积乃仓。乃裹糇粮，于橐于囊。思辑用光。弓矢斯张，干戈戚扬，爰方启行。

【译文】

忠诚厚道的公刘，不敢安居和苟安。修好地垄挖田埂，收了粮食堆满仓。熟食干粮都包好，大袋小袋处处装。周民和睦扬国威。弓箭拉开弦绷上，举起干戈和戚扬，开始出发迁远方。

笃公刘，于胥斯原。既庶既繁，既顺乃宣。而无永叹。陟则在巘（yǎn），复降在原。何以舟之？维玉及瑶，鞞琫容刀。

【译文】

忠实厚道的公刘，豳地原野视察忙。百姓众多紧相随，民心归顺多舒畅。长吁短叹一扫光。忽而登上小山坡，忽而下到平原上。身上佩带何物件？美玉宝石尽琳琅，佩刀玉鞘闪闪亮。

笃公刘，逝彼百泉，瞻彼溥（pǔ）原。乃陟南冈，乃觏于京。京师之野，于时处处，于时庐旅。于时言言，于时语语。

【译文】

忠诚厚道的公刘，他到泉旁查水源，眺望远方的平原。公刘登上那南冈，京邑四周多宽广。京邑之外是荒野，早来之人有居处，晚来之人暂寄住。人们处处皆谈笑，处处喧哗处处闹。

笃公刘，于京斯依。跄跄济济，俾筵俾几。既登乃依。乃造其曹，执豕于牢。酌之用匏。食之饮之，君之宗之。

【译文】

忠诚厚道的公刘，决定京邑来安身。大臣严肃又端庄，请他们就筵入席，众皆登席各有依，又到猪圈找猪群。牢圈杀猪来做荤。葫芦瓢儿斟酒浆。大家痛吃又痛饮，共推公刘做君长。

笃公刘，既溥既长。既景乃冈，相其阴阳，观其流泉。其军三单，度其隰原，彻田为粮。度其夕阳，豳居允荒。

【译文】

忠诚厚道的公刘，新开土地长又广。登山测影定方向，视察山中阴与阳，观察河流明走向。指挥军队三轮换，平原洼地全丈量，开垦田地种谷粮。山的西面也丈量，豳地实在宽又广。

笃公刘，于豳斯馆。涉渭为乱，取厉取锻。止基乃理，爰众爰有。夹其皇涧，溯其过涧。止旅乃密，芮鞫（jū）之即。

【译文】

忠诚厚道的公刘，他在豳地建房舍。建造船只渡渭河，去采石砧磨刀石。房舍基地已清理，人口增加物成堆。皇涧岸边住满人，一直延伸到对面。住户越来越稠密，便向芮水两岸迁。

泂　酌

泂酌彼行潦，挹彼注兹，可以餴（fēn）饎（chì）。岂弟君子，民之父母。

【译文】

远舀路边那清水，舀来装入那水缸，用来蒸饭和煮酒。和善平易好君子，百姓父母好心肠。

泂酌彼行潦，挹彼注兹，可以濯罍。岂弟君子，民之攸归。

【译文】

远舀路边那清水，舀来装入那水缸，可把酒壶洗清爽。和善平易好君子，百姓归服心向往。

泂酌彼行潦，挹彼注兹，可以濯溉。岂弟君子，民之攸塈。

【译文】

远舀路边那清水，舀来装入水缸里，可以抹擦和清洗。和善平易好君子，能让百姓来爱戴。

卷　阿

有卷者阿，飘风自南。岂弟君子，来游来歌，以矢其音。

【译文】

弯弯曲曲大山峦，旋风南来吹得急。和善平易好君子，且游且歌心欢喜，我献诗歌表心迹。

伴奂尔游矣，优游尔休矣。岂弟君子，俾尔弥尔性，似先公酋矣。

【译文】

逍遥闲适自在游，悠闲自得暂休息。和善平易好君子，愿您安享尽天年，就像先君得善终。

尔土宇昄章，亦孔之厚矣。岂弟君子，俾尔弥尔性，百神尔主矣。

【译文】

您的封疆和版图，一望无际好丰润。和善平易好君子，您的生命终大顺，百神使您为君主。

尔受命长矣，茀禄尔康矣。岂弟君子，俾尔弥尔性，纯嘏（gǔ）尔常矣。

【译文】

您受天命长又久，天赐福禄您安康。和善平易周成王，您的生命终无恙，天赐福禄永安康。

有冯有翼，有孝有德，以引以翼。岂弟君子，四方为则。

【译文】

您有凭靠有辅佐，您有孝行有美德，您有导引有扶持。和善平易好君子，四方以您为准则。

颙（yóng）颙卬卬，如圭如璋，令闻令望。岂弟君子，四方为纲。

【译文】

您态度严肃气宇轩昂，品德如圭又如璋，美好声誉播四方。和善平易好君子，天下以您为纪纲。

凤皇于飞，翙（huì）翙其羽，亦集爰止。蔼蔼王多吉士，维君子使，媚于天子。

【译文】

凤凰展翅高飞翔，羽翼拍动沙沙响，飞落在要落的地方。成王贤士多又广，专供驱使为君王，忠心爱戴周天子。

凤皇于飞，翙翙其羽，亦傅于天。蔼蔼王多吉人，维君子命，媚于庶人。

【译文】

凤凰展翅高飞翔，羽翼拍动沙沙响，凌云高飞到天上。成王贤士多又广，专供驱使为君王，百姓爱戴好君王。

凤皇鸣矣，于彼高冈。梧桐生矣，于彼朝阳。菶（běng）菶萋萋，雝雝喈喈。

【译文】

凤凰引颈把歌唱，停在高高的山冈。高岗上面长梧桐，面向东方迎朝阳。梧桐蓬勃而茂盛，凤凰和鸣声悠扬。

君子之车，既庶且多。君子之马，既闲且驰。矢诗不多，维以遂歌。

【译文】

迎送有那好车子，漂亮数量又众多。迎送有那好宝马，驯良善奔好乘坐。我的献诗并不多，首首作成好颂歌。

民　劳

民亦劳止，汔可小康。惠此中国，以绥四方。无纵诡随，以谨无良。式遏寇虐，憯不畏明。柔远能迩，以定我王。

【译文】

百姓辛劳苦难当，只求稍稍得安康。应爱京都众百姓，做出榜样安四方。不要放纵奸猾吏，险恶之人要严防。歹徒作乱要查办，不让作恶逞猖狂。远近人们要安抚，天下稳定做君王。

民亦劳止，汔可小休。惠此中国，以为民逑。无纵诡随，以谨惛（hūn）怓（náo）。式遏寇虐，无俾民忧。无弃尔劳，以为王休。

【译文】

百姓辛苦多疲惫，只求稍稍得休息。应爱京都众百姓，人民才能心满意。不要放纵奸猾吏，动乱行为要谨慎。歹徒作乱要查办，莫使百姓心悲凄。过去功绩莫丢弃，成就君王好名气。

民亦劳止，汔可小息。惠此京师，以绥四国。无纵诡随，以谨罔极。式遏寇虐，无俾作慝（tè）。敬慎威仪，以近有德。

【译文】

百姓劳苦已不堪，该让他们喘口气。应爱京都众百姓，四方百姓才安息。不要放纵奸猾吏，刹住歪风和邪气。制止歹徒来作乱，不让作恶把人欺。严肃谨慎讲礼仪，亲近贤德勤学习。

民亦劳止，汔可小愒（qì）。惠此中国，俾民忧泄。无纵诡随，以谨丑厉。式遏寇虐，无俾正败。戎虽小子，而式弘大。

【译文】

百姓劳苦已不堪，也让他们稍缓歇。应爱京都众百姓，以使百姓忧愤泄。不要放纵刁猾吏，丑行恶迹要绝灭。制止歹徒来作乱，莫使政事遭挫折。你虽是个年轻人，作用很大当估计。

民亦劳止，汔可小安。惠此中国，国无有残。无纵诡随，以谨缱绻。式遏寇虐，无俾正反。王欲玉女，是用大谏。

【译文】

百姓困苦已不堪，要求稍稍得安逸。应爱京都众百姓，国内不再有暴虐。不要放纵刁猾吏，坏人勾结要警惕。制止歹徒来作乱，莫将政权轻丧弃。君王栽培器重你，所以郑重规劝你。

板

上帝板板，下民卒瘅（dàn）。出话不然，为犹不远。靡圣管管，不实于亶。犹之未远，是用大谏。

【译文】

上帝反复太无常，百姓劳苦都遭殃。话儿说得不合理，政策制定没眼光。不尊圣道自放纵，不讲诚信太荒唐。你的计谋太短浅，所以作诗来规劝。

天之方难，无然宪宪。天之方蹶，无然泄泄。辞之辑矣，民之洽矣。辞之怿矣，民之莫矣。

【译文】

上天降灾到人间，不要这般欣欣然。上天正在生动乱，不要多嘴说长短。政令协调和顺了，民心和协国力强。政令混乱败坏了，百姓受害就遭殃。

我虽异事，及尔同僚。我即尔谋，听我嚣嚣。我言维服，勿以为笑。先民有言，询于刍荛（ráo）。

【译文】

你我职务虽不同，同做朝臣为同僚。我想与你共谋划，一听我话就烦躁。我提建议为治国，切莫拿它当玩笑。古人有话说得好："有事请教问老樵。"

天之方虐，无然谑谑。老夫灌灌，小子蹻（jiǎo）蹻。匪我言耄，尔用忧谑。多将熇熇，不可救药。

【译文】

老天正在逞凶暴，你不开心且嬉笑。老夫恳切尽忠诚，你等小子太骄傲。不是我倚老卖老，你把忧患当玩笑。坏事做多难收拾，病入膏肓难治疗。

天之方懠，无为夸毗。威仪卒迷，善人载尸。民之方殿屎，则莫我敢葵。丧乱蔑资，曾莫惠我师。

【译文】

老天正在发怒火，你别拍马奴才样。威仪迷乱已失常，好人如尸不开腔。百姓痛苦正呻吟，无人过问无人想。天下大乱民财空，抚恤百姓谈不上。

天之牖民，如埙如篪，如璋如圭，如取如携。携无曰益，牖民孔易。民之多辟，无自立辟。

【译文】

上天引导老百姓，如吹埙篪好动听，如执璋圭合礼仪，如取物件好称心。提取对象不费力，教化百姓本容易。百姓当中有邪僻，因当权者不律己。

价人维藩，大师维垣。大邦维屏，大宗维翰。怀德维宁，宗子维城。无俾城坏，无独斯畏。

【译文】

好人好比是篱笆，大众好比是围墙。大国好比是屏障，宗亲好比是栋梁。施德国家会安宁，王子王孙是城墙。别让城墙受破坏，不要孤立自遭殃。

敬天之怒，无敢戏豫。敬天之渝，无敢驰驱。昊天曰明，及尔出王。昊天曰旦，及尔游衍。

【译文】

严肃对待天发怒，不能戏嬉又马虎。老天灾难要敬畏，不能纵情无拘束。上天眼睛最明亮，与你一去同来往。上天如果很明朗，就会与你游四方。

大雅·荡之什

荡

荡荡上帝，下民之辟。疾威上帝，其命多辟。天生烝民，其命匪谌。靡不有初，鲜克有终。

【译文】

上帝骄纵又放荡，他是下界百姓的君王。上帝贪心又凶暴，政令邪僻太反常。上天降生众百姓，政令无信尽撒谎。每人每事有开头，可惜很少得善终。

文王曰咨，咨女殷商。曾是强御，曾是掊克，曾是在位，曾是在服。天降慆德，女兴是力。

【译文】

文王开口发感叹，叹你殷商末代王。竟如此强暴专横，竟如此盘剥人民，竟如此在位不称职，竟如此处理朝中事。天赋予你傲慢品质，你努力施展你本能。

文王曰咨，咨女殷商。而秉义类，强御多怼。流言以对，寇攘式内。侯作侯祝，靡届靡究。

【译文】

文王长声发感叹，叹你殷商末代王。你若任用贤能人，强横之辈多怨愤。面进谗言来诽谤，强横窃据朝廷上。又是造谣又是骂，骂到何时才罢休。

文王曰咨，咨女殷商。女炰（páo）烋（xiāo）于中国，敛怨以为德。不明尔德，时无背无侧。尔德不明，以无陪无卿。

【译文】

文王长声发感叹，叹你殷商末代王。跋扈天下太狂妄，招来怨恨反而作为美德。因为你的品德不高尚，所以没有亲信和辅佐之人。因为你品德不高尚，所以没有真心扶持你的人。

文王曰咨，咨女殷商。天不湎尔以酒，不义从式。既愆尔止，靡明靡晦。式号式呼，俾昼作夜。

【译文】

文王长声发感叹，叹你殷商末代王。上天不让你酗酒，也未让你用匪帮。礼节举止全不顾，不论白天和黑夜。狂呼乱叫不像样，日夜颠倒政事荒。

文王曰咨，咨女殷商。如蜩如螗，如沸如羹。小大近丧，人尚乎由行。内奰（bì）于中国，覃及鬼方。

【译文】

文王长声发感叹，叹你殷商末代王。百姓动乱如蝉噪，政局动荡如沸汤。大小事情都不济，你却还是老模样。国内百姓生怨愤，怒火蔓延到鬼方。

文王曰咨，咨女殷商。匪上帝不时，殷不用旧。虽无老成人，尚有典刑。曾是莫听，大命以倾。

【译文】

文王长声发感叹，叹你殷商末代王。不是上帝有过错，是你不守旧传统。虽无老臣在朝廷，典章律刑尚可依。刚愎自用不听劝，王命倾倒不可免。

文王曰咨，咨女殷商。人亦有言：颠沛之揭，枝叶未有害，本实先拨。殷鉴不远，在夏后之世。

【译文】

文王长声发感叹，叹你殷商末代王。古人有话说得好：树木拔起路边倒，枝叶虽然还完好，树根早已全烂掉。殷商之鉴并不远，在那夏桀王朝间！

抑

抑抑威仪，维德之隅。人亦有言：靡哲不愚。庶人之愚，亦职维疾。哲人之愚，亦维斯戾。

【译文】

严密谨慎有礼仪，为人品德应端正。古人有句老俗话：智者看来常愚蠢。百姓若是糊涂汉，那是天生有缺陷。智者若是糊涂汉，违背常理惹祸患。

无竞维人，四方其训之。有觉德行，四国顺之。讦谟定命，远犹辰告。敬慎威仪，维民之则。

【译文】

有了贤人国强盛，四方诸侯来听训。君子德行正又直，诸侯各国来归顺。制定国策怀全局，长远计划告百姓。举止行为要谨慎，百姓以此为标准。

其在于今，兴迷乱于政。颠覆厥德，荒湛于酒。女虽湛乐从，弗念厥绍。罔敷求先王，克共明刑。

【译文】

可是他到了今天，昏昏迷迷乱朝政。你的德行已败坏，沉湎酒色醉醺醺。只知吃喝和玩乐，继承祖业不关心。不求先王治国道，不能执行明文法典利百姓。

肆皇天弗尚，如彼泉流，无沦胥以亡。夙兴夜寐，洒扫廷内，维民之章。修尔车马，弓矢戎兵，用戒戎作，用逖蛮方。

【译文】

皇天不肯来保佑，如同泉水空自淌，君臣相率一齐亡。应该早起和晚睡，认真洒扫院和堂，好为百姓做榜样。整治马匹和车辆，还有弓箭和刀枪，防备一旦战事起，征服反叛平蛮邦。

质尔人民，谨尔侯度，用戒不虞。慎尔出话，敬尔威仪，无不柔嘉。白圭之玷，尚可磨也。斯言之玷，不可为也。

【译文】

安定你的老百姓，遵守王法莫徇情，以防祸事意外生。说话发言要谨慎，举止严肃要恭敬，美好行为称人心。白玉上面有瑕疵，尚可磨石除干净。开口说话出差错，再想挽回也不成。

无易由言，无曰苟矣。莫扪朕舌，言不可逝矣。无言不雠，无德不报。惠于朋友，庶民小子。子孙绳绳，万民靡不承。

【译文】

讲话不要太轻率，莫道说话可马虎。没人禁止我口舌，话一出口难弥补。没有言语无反应，施恩总能得回报。对待朋友要爱护，普通百姓要安抚。子孙代代很繁盛，万民拥戴都归服。

视尔友君子，辑柔尔颜，不遐有愆？相在尔室，尚不愧于屋漏。无曰不显，莫予云觏。神之格思，不可度思，矧可射思？

【译文】

善待朋友和君子，和颜悦色笑盈盈，差错怎会常发生？即使在家独自居，做事无愧于神明。莫说屋里太昏暗，没人能把我看清。神明到来悄悄然，不知何时能降临，怎能引他讨厌自遭惩？

辟尔为德，俾臧俾嘉。淑慎尔止，不愆于仪。不僭不贼，鲜不为则。投我以桃，报之以李。彼童而角，实虹小子。

【译文】

修明道德养情操，使其高尚更美好。举止行为须小心，仪容端正有礼貌。不存坏心不犯错，很少不被人仿效。别人送我一红桃，我用李子相回报。胡说秃羊头生角，败你政事不太好。

荏染柔木，言缗之丝。温温恭人，维德之基。其维哲人，告之话言，顺德之行。其维愚人，覆谓我僭，民各有心。

【译文】

木材柔韧质地匀，装上丝线做成琴。温良恭敬好君子，美德乃是他的根。如果君子很聪明，善意好话给他听，他会按理去实行。如果他是糊涂人，反而说我心不真，个人实有不同心。

於（wū）乎小子，未知臧否。匪手携之，言示之事。匪面命之，言提其耳。借曰未知，亦既抱子。民之靡盈，谁夙知而莫成？

【译文】

可叹小子太年轻，善恶不能辨分明。手拉手来教导你，还用事例来说清。面对面来指点你，耳朵旁边细叮咛。说你年幼且无知，怀中已抱小郎君。如果人们不满足，谁会早知就晚成？

昊天孔昭，我生靡乐。视尔梦梦，我心惨惨。诲尔谆谆，听我藐藐。匪用为教，覆用为虐。借曰未知，亦聿既耄。

【译文】

上天看得很明白，我这一生不愉快。看你整天糊涂涂，我心担心又悲哀。苦口婆心教育你，当风吹过不理睬。不但没有当教诲，反当笑话来戏谑。说你年幼尚无知，你鬓成白发已年迈。

於乎小子，告尔旧止。听用我谋，庶无大悔。天方艰难，曰丧厥国。取譬不远，昊天不忒。回遹（yù）其德，俾民大棘。

【译文】

叹你小子很年轻，先王典章你要听。用了我的好主张，不会后悔且心伤。上天降下大灾难，使你亡国遭祸患。让我就近打比方，上天从来无偏见。如果邪僻性不改，黎民困顿难平安。

桑　柔

菀彼桑柔，其下侯旬。捋采其刘，瘼此下民。不殄心忧，仓（chuàng）兄（huǎng）填兮。倬彼昊天，宁不我矜。

【译文】

青青桑叶密又嫩，桑树下面一片荫。又捋又采枝柯秃，害苦百姓熬成病。忧虑忡忡扰我心，凄凉日久乱纷纷。明察一切老天爷，何不怜悯我百姓。

四牡骙骙，旟旐有翩。乱生不夷，靡国不泯。民靡有黎，具祸以烬。於（wū）乎有哀，国步斯频。

【译文】

四马驾车来飞奔，彩幡旌旗飘不停。祸乱迭起不太平，到处纷乱难安宁，百姓死亡难见人，由于遭祸成灰烬。长叹一声好悲哀，国家步履好艰辛。

国步蔑资，天不我将。靡所止疑，云徂何往？君子实维，秉心无竞。谁生厉阶？至今为梗。

【译文】

国运艰难民财尽，老天不助我百姓。没有一处可安身，到底我该何处行？君子扪心自思忖，没有争权夺利心。谁人作乱是祸根，到今为害老百姓？

忧心殷殷，念我土宇。我生不辰，逢天僤（dàn）怒。自西徂东，靡所定处。多我觏痻（mín），孔棘我圉。

【译文】

隐隐作痛心忧伤，想念国土和家乡。生不逢时真不幸，碰上老天怒火旺。从西到东天地宽，没有安居好地方。我们遭难一连串，眼下边情更紧张。

为谋为毖，乱况斯削。告尔忧恤，诲尔序爵。谁能执热，逝不以濯？其何能淑？载胥及溺。

【译文】

谋划国事要谨慎，祸乱状况会减轻。告诉你应忧国事，教导你应任贤人。谁能解热除痛苦，不用清水来洗濯？这样哪有好结果？大家淹死都丧命。

如彼溯风，亦孔之僾（ài）。民有肃心，荓（pēng）云不逮。好是稼穑，力民代食。稼穑维宝，代食维好。

【译文】

好比顶着大风跑，呼吸困难心发跳。人民空有进取心，形势使其难效劳。重视春种和秋收，百姓劳动官吃饱。农业生产是个宝，可代禄食应喜好。

天降丧乱，灭我立王。降此蟊贼，稼穑卒痒。哀恫中国，具赘卒荒。靡有旅力，以念穹苍。

【译文】

死亡祸乱从天降，要灭我们立的王。降下害虫和蟊贼，大田庄稼全遭殃。哀痛我朝太不幸，绵延田地尽荒芜。人们疲惫力已尽，只能指望那上苍。

维此惠君，民人所瞻。秉心宣犹，考慎其相。维彼不顺，自独俾臧。自有肺肠，俾民卒狂。

【译文】

通情达理好君王，百姓对他都景仰。心地光明善治国，慎重考察择贤相。君主如果不顺理，只管自己把福享。另有一副坏心肠，使民生病尽放狂。

瞻彼中林，甡（shēn）甡其鹿。朋友已谮，不胥以穀。人亦有言：进退维谷。

【译文】

看那野外有树林，成群鹿儿在奔跑。朋友互相来欺骗，不相友好互同情。古人有话说得好：进退两难皆困境。

维此圣人，瞻言百里。维彼愚人，覆狂以喜。匪言不能，胡斯畏忌？

【译文】

只有圣人有眼力，目光远大望百里。只有蠢人无心力，反而狂妄空自喜。并非有口不能言，为啥害怕有顾忌？

维此良人，弗求弗迪。维彼忍心，是顾是复。民之贪乱，宁为荼毒。

【译文】

这位君主真善良，不求名位不争王。那位君主太残忍，反复无常理不讲。百姓为啥要作乱，因遭暴政苦难当。

大风有隧，有空大谷。维此良人，作为式穀。维彼不顺，征以中垢。

【译文】

天上呼呼刮大风，峡谷从来是空空。这位君主真善良，多做好事人歌颂。那位君主不讲理，行为不端受污辱。

大风有隧，贪人败类。听言则对，诵言如醉。匪用其良，覆俾我悖。

【译文】

天上大风呼呼吹，贪利小人是败类。顺心话儿你答对，一听忠谏装酒醉。忠臣良言不采用，反而说我老昏聩。

嗟尔朋友，予岂不知而作？如彼飞虫，时亦弋获。既之阴女，反予来赫。

【译文】

叫声朋友听我说，我岂无知而作歌。好比天空鸟儿飞，有时射中也被捉。你的底细我查获，如今反来威胁我。

民之罔极，职凉善背。为民不利，如云不克。民之回遹，职竞用力。

【译文】

民心不正无准则，主张刻薄搞反叛。你做不利人民事，好像还嫌不凶残。人民要走邪僻路，为非作歹用暴力。

民之未戾，职盗为寇。凉曰不可，覆背善詈。虽曰匪予，既作尔歌。

【译文】

有人行为太不良，只做盗贼善掠夺。诚恳相告不可行，你反背弃咒骂我。虽然被你来诽谤，终究为你把诗作。

云　汉

倬彼云汉，昭回于天。王曰：於乎！何辜今之人？天降丧乱，饥馑荐臻。靡神不举，靡爱斯牲。圭璧既卒，宁莫我听。

【译文】

宽广无际的银河，星光灿烂随天转。君王长号连声叹，今日之人有何罪？上天降下大灾祸，饥荒年月不好过。我把神灵都祭到，从不吝惜杀牲畜。玉圭玉璧已用完，为何祈祷天不听。

旱既大甚，蕴隆虫虫。不殄禋（yīn）祀，自郊徂宫。上下奠瘗，靡神不宗。后稷不克，上帝不临。耗斁（yì）下土，宁丁我躬。

【译文】

旱情已经很严重，热气炽烈灼肤痛。祭祀一天没停止，祭了郊外祭内宫。祭天祭地献祭品，没有神灵不尊奉。后稷不能止灾情，上帝圣威不降临。天下土地尽晒坏，忧虑怎不满心中。

旱既大甚，则不可推。兢兢业业，如霆如雷。周余黎民，靡有孑遗。昊天上帝，则不我遗。胡不相畏？先祖于摧。

【译文】

旱情已经很不轻，想要消除不可能。人人胆战又心惊，如防霹雳和雷霆。周地剩余老百姓，没有几个能幸存。苍天上帝心好狠，不来帮助把善行。叫我怎么不害怕？先祖事业难继承。

旱既大甚，则不可沮。赫赫炎炎，云我无所。大命近止，靡瞻靡顾。群公先正，则不我助。父母先祖，胡宁忍予？

【译文】

旱情已经很严重，没有办法可止住。烈日炎炎似火烧，使我没有荫蔽处。生命即刻要停止，无法瞻前又顾后。诸侯公卿众神灵，不肯降临来帮助。我们先祖先父母，为何忍心不照顾？

旱既大甚，涤涤山川。旱魃（bá）为虐，如惔（tán）如焚。我心惮暑，忧心如熏。群公先正，则不我闻。昊天上帝，宁俾我遁！

【译文】

旱情已经很严重，河不流水山不长草。旱魔暴虐太疯狂，犹如遍地大火烧。我心害怕酷暑热，忧心如焚似煎熬。诸侯公卿众神灵，谁也不肯问我好。我望苍天呼上帝，使我困顿无法逃！

旱既大甚，黾勉畏去。胡宁瘨（diān）我以旱？憯（cǎn）不知其故。祈年孔夙，方社不莫。昊天上帝，则不我虞。敬恭明神，宜无悔怒。

【译文】

旱情已经很严重，我要努力把旱除。为啥降旱于我们？我实找不到理由。每年早祈求丰年，祭祀诸神从不误。我望苍天呼上帝，谁也不肯来保护。一向恭敬诸神明，不该狠心对我发怒。

旱既大甚，散无友纪。鞫哉庶正，疚哉冢宰。趣马师氏，膳夫左右。靡人不周，无不能止。瞻卬昊天，云如何里！

【译文】

旱情已经很严重，国家散乱无纲纪。公卿大夫没办法，宰相盼雨空着急。马官卫士都祈雨，膳夫大臣来求祭。人人倾囊来救济，都为救灾出气力。仰望茫茫的苍天，心中焦虑满愁绪。

瞻卬昊天，有嘒其星。大夫君子，昭假无赢。大命近止，无弃尔成。何求为我？以戾庶正。瞻卬昊天，曷惠其宁？

【译文】

仰望茫茫的苍天，只见星星亮晶晶。朝中大夫与公卿，祈祷神灵心忠诚。即使国运快完结，不要放弃无信心。祈雨不是为自己，是为安定众公卿。仰望茫茫的苍天，何时赐我民安宁？

崧　高

崧高维岳，骏极于天。维岳降神，生甫及申。维申及甫，维周之翰。四国于蕃，四方于宣。

【译文】

四岳天下最高山，巍巍高耸入云天。四岳山上降神灵，申伯甫侯生人间。只有申伯和甫侯，辅佐周朝是中坚。诸侯将其作屏障，天下靠其作墙垣。

亹亹申伯，王缵（zuǎn）之事。于邑于谢，南国是式。王命召伯，定申伯之宅。登是南邦，世执其功。

【译文】

申伯勤恳美名扬，继承祖业佐周王。赐封于谢建新城，南方各国好榜样。宣王命令召穆公，去为申伯建住房。使他治理好南方，世世代代功业长。

王命申伯，式是南邦。因是谢人，以作尔庸。王命召伯，彻申伯土田。王命傅御，迁其私人。

【译文】

王对申伯下命令：“要在南国当榜样。依靠谢地老百姓，修筑你国新城墙。”宣王命令召伯虎，划定土田为申伯。命令太傅和侍御，帮助申伯迁谢邦。

申伯之功，召伯是营。有俶其城，寝庙既成。既成藐藐，王锡申伯。四牡蹻蹻，钩膺濯濯。

【译文】

申伯谢邑工已竣，召伯规划苦经营。城郭厚实又壮观，祭祀宗庙已落成。宗庙雄伟又深沉，王赐申伯好礼品。四匹公马皆肥壮，银饰钩膺亮晶晶。

王遣申伯，路车乘马。我图尔居，莫如南土。锡尔介圭，以作尔宝。往近王舅，南土是保。

【译文】

王送申伯好礼品，路车一辆马四匹。“我细考虑你封地，莫如南方最适宜。赐你大圭作礼物，拿去当做官符瑞。叫声舅舅放心去，南方靠你来守卫。”

申伯信迈，王饯于郿（méi）。申伯还南，谢于诚归。王命召伯，彻申伯土疆。以峙其粻（zhāng），式遄其行。

【译文】

申伯果真要动身，王到郿郊去饯行。申伯就要回南方，回到谢城去上任。周王命令召伯虎："申伯疆界要划定，沿途储备好食粮，尽快赶路不留停。"

申伯番（bō）番，既入于谢，徒御啴（tān）啴。周邦咸喜，戎有良翰。不显申伯，王之元舅，文武是宪。

【译文】

申伯威武气昂昂，进入谢城好风光，部下人多气又盛。全城百姓喜洋洋，高兴国家有栋梁。英明显赫的申伯，周王大舅不寻常，文武百官都效仿。

申伯之德，柔惠且直。揉此万邦，闻于四国。吉甫作诵，其诗孔硕。其风肆好，以赠申伯。

【译文】

申伯美德远名扬，慈爱正直又善良。他使各国都团结，美好名声传四方。吉甫作了这首诗，宏伟别致诗篇长。诗歌声韵特美妙，赠别申伯诉衷肠。

烝　民

天生烝民，有物有则。民之秉彝，好是懿德。天监有周，昭假于下。保兹天子，生仲山甫。

【译文】

老天降下众百姓，万物各有其法则。人心本来顺常情，全都喜爱好品德。上天监视我周朝，表明德行于下土。为了保佑周天子，上天降生仲山甫。

仲山甫之德，柔嘉维则。令仪令色，小心翼翼。古训是式，威仪是力。天子是若，明命使赋。

【译文】

山甫天生有美德，柔顺善良是准则。仪态优美和颜悦色，小心翼翼兢兢业业。遵循先王的遗训，努力保持臣子的礼节。处处承顺天子意，颁布命令行国策。

王命仲山甫，式是百辟，缵（zuǎn）戎祖考，王躬是保。出纳王命，王之喉舌。赋政于外，四方爰发。

【译文】

宣王命令仲山甫：要做诸侯好榜样，祖宗事业你继承，辅佐天子立纪纲。接受发布我命令，做我喉舌代宣讲。颁布政令达各地，贯彻执行到四方。

肃肃王命，仲山甫将之。邦国若否，仲山甫明之。既明且哲，以保其身。夙夜匪解，以事一人。

【译文】

君王命令不一般，山甫努力来实行。各国治理好和坏，山甫洞察最分明。他既聪明又智慧，因此能够保自身。从早到晚不懈怠，只为侍奉周国君。

人亦有言：柔则茹之，刚则吐之。维仲山甫，柔亦不茹，刚亦不吐。不侮矜寡，不畏强御。

【译文】

有句老话这样讲："东西要拣软的吃，硬的吐出放一旁。"只有这个仲山甫，软的东西他不吃，硬的不吐真坚强。见了鳏寡不欺侮，遇到强暴不退让。

人亦有言：德輶（yóu）如毛，民鲜克举之。我仪图之，维仲山甫举之，爱莫助之。衮职有阙，维仲山甫补之。

【译文】

有句俗语这样说："道德即使轻如发，很少有人能举它。"反复思考这句话，只有山甫能举它，可惜无人帮助他。周王龙袍有缺失，只有山甫能补它。

仲山甫出祖，四牡业业。征夫捷捷，每怀靡及。四牡彭彭，八鸾锵锵。王命仲山甫，城彼东方。

【译文】

山甫出行祭路神，四匹公马高又肥。随从行路步如飞，人人担心怕掉队。四匹公马真强壮，八只银铃叮当响。宣王命令仲山甫，东方筑城保国防。

四牡骙骙，八鸾喈喈。仲山甫徂齐，式遄其归。吉甫作诵，穆如清风。仲山甫永怀，以慰其心。

【译文】

四匹公马真强劲，八只银铃响叮当。山甫平乱到齐国，望他早日回故乡。吉甫作了这首歌，和如清风吹人爽。永远怀念仲山甫，唱歌安慰望他心宽广。

韩　奕

奕奕梁山，维禹甸之，有倬其道。韩侯受命。王亲命之：缵戎祖考。无废朕命，夙夜匪解。虔共尔位，朕命不易。榦（gàn）不庭方，以佐戎辟。

【译文】

巍巍高耸梁山冈，大禹曾把它修整，一条大路通周邦。韩侯入朝受册命。宣王亲自下指令："祖先事业你继承。不要辜负我使命，从早到晚莫怠慢。坚守岗位你莫忘，我给你担子不轻。纠正不上朝各国，以此辅佐我国君。"

四牡奕奕，孔修且张。韩侯入觐，以其介圭，入觐于王。王锡韩侯，淑旂绥章，簟（diàn）茀（fú）错衡，玄衮赤舄，钩膺镂钖，鞹（kuò）鞃（hóng）浅幭（miè），鞗（tiáo）革金厄。

【译文】

四匹公马毛色润，马儿体高且肥大。韩侯进京朝天子，手捧大圭上朝堂，进宫谒见我宣王。王赐礼物表嘉奖，各色彩旗真漂亮，还有竹篷彩车箱，黑色红袍大红靴，银制马饰雕文章，浅色虎皮套车轼，马辔马轭闪金光。

韩侯出祖，出宿于屠。显父饯之，清酒百壶。其殽维何？炰鳖鲜鱼。其蔌（sù）维何？维笋及蒲。其赠维何？乘马路车。笾豆有且，侯氏燕胥。

【译文】

韩侯出京祭路神，当晚就在屠邑住。显父设宴来饯别，携带美酒上百壶。他的荤菜是什么？烹熟甲鱼和鲜鱼。他的素菜是什么？新鲜竹笋和嫩蒲。他的赠品是什么？四匹骏马车一辆。杯盘摆满筵丰盛，韩侯高兴享宴乐。

韩侯取妻，汾王之甥，蹶父之子。韩侯迎止，于蹶之里。百两彭彭，八鸾锵锵，不显其光。诸娣从之，祁祁如云。韩侯顾之，烂其盈门。

【译文】

韩侯结婚娶贤妻，她是汾王外甥女，司马蹶父小闺女。韩父来到蹶父村，亲自去把新娘娶。百辆大车真漂亮，八只银铃响叮当，荣耀显赫真辉煌。陪嫁众妾紧相连，团团簇拥如彩云。韩侯举行三顾礼，满门灿烂闪流光。

蹶父孔武，靡国不到。为韩姞（jí）相攸，莫如韩乐。孔乐韩土，川泽讦讦，鲂鱮（xù）甫甫，麀（yōu）鹿噳（yǔ）噳。有熊有罴，有猫有虎。庆既令居，韩姞燕誉。

【译文】

蹶父威武又雄壮，出使各国游历广。他替韩姞选婆家，莫如韩国最理想。住在韩地欢乐多，河川水泊很宽广，鳊鱼鲢鱼多肥大，母鹿公鹿满山冈，深林有熊又有罴，老虎山猫林中藏。欢庆得了好地方，韩姞欢庆心舒畅。

溥彼韩城，燕师所完。以先祖受命，因时百蛮。王锡韩侯，其追其貊（mò）。奄受北国，因以其伯。实墉实壑，实亩实籍。献其貔（pí）皮，赤豹黄罴。

【译文】

韩城要扩建，燕民修筑成。受命承祖业，统一百蛮国。宣王赏韩侯，追族加貊族。广征北方国，终于成侯伯。修筑城与池，划地征徭税。貔皮献天子，还有豹和罴。

江　汉

江汉浮浮，武夫滔滔。匪安匪游，淮夷来求。既出我车，既设我旟（yú），匪安匪舒，淮夷来铺。

【译文】

长江汉水流滔滔，武士出征气凛凛。不敢安逸图游乐，而是讨伐那淮夷。驾起战车上河岸，旗帜插到军营前。不敢休息图安逸，出征讨伐那淮夷。

江汉汤汤，武夫洸（guāng）洸。经营四方，告成于王。四方既平，王国庶定。时靡有争，王心载宁。

【译文】

长江汉水浩荡荡，武士出征气昂扬。南征北战讨四方，大功告成报周王。四方叛乱已平息，大周王国得安定。天下太平无争战，周王内心得安宁。

江汉之浒，王命召虎。式辟四方，彻我疆土。匪疚匪棘，王国来极。于疆于理，至于南海。

【译文】

长江汉水河岸旁，王命召虎为辅相："负责开辟四方地，精心治好新土疆。不要心急不要愁，各种制度依中央。划好田地理好土，直到南海蛮夷邦。"

王命召虎，来旬来宣。文武受命，召公维翰。无曰：予小子，召公是似。肇敏戎公，用锡尔祉。

【译文】

宣王册命任召虎："代我巡视南北处。文王武王受天命，召公辅佐好支柱。不要说你还年轻，继承召公的业绩。勤于思考敏于事，上帝赐你好福气。"

釐（lài）尔圭瓒，秬鬯一卣（yǒu）。告于文人，锡山土田。于周受命，自召祖命。虎拜稽首，天子万年。

【译文】

“赐你圭器和玉勺，黍酒一壶香又甜。祭告你的祖先神，先王曾赐山和田。你到岐周受册命，仪式按照你祖先。”召虎拜谢又磕头：“恭祝天子寿万年。”

虎拜稽首，对扬王休。作召公考，天子万寿。明明天子，令闻不已。矢其文德，洽此四国。

【译文】

召虎跪拜又叩首：“称谢天子恩德厚。特铸青铜召公簋，恭祝天子万年寿。英明伟大周天子，美名远扬永不朽。推广天子好德政，天下各国都和睦。”

常　武

赫赫明明，王命卿士。南仲大祖，大师皇父：整我六师，以修我戎。既敬既戒，惠此南国。

【译文】

宣王威武又英明，召见卿士发命令。太祖庙中命南仲，太师皇父同时听：“马上整顿我六军，马上修理好甲兵。上下从此要警戒，平定徐国惠南民。”

王谓尹氏，命程伯休父：左右陈行，戒我师旅。率彼淮浦，省此徐土。不留不处，三事就绪。

【译文】

王令尹氏传他话，策命休父为司马："队伍左右列整齐，训诫军队早出发。沿着淮河岸边行，徐国国土细巡察。大军不必久停留，任毕三卿就回家。"

赫赫业业，有严天子，王舒保作。匪绍匪游，徐方绎骚。震惊徐方。如雷如霆，徐方震惊。

【译文】

王师声势真显赫，天子神圣又庄严。君王从容走向前，不是消遣不是玩。徐国闻讯大骚动，人人惊恐心不安。王师声势如雷霆，徐兵惊恐心不安。

王奋厥武，如震如怒。进厥虎臣，阚（hǎn）如虓（xiāo）虎。铺敦淮濆（fén），仍执丑虏。截彼淮浦，王师之所。

【译文】

君王奋发真威武，有如天上雷霆怒。勇将一马冲上前，吼声冲天如猛虎。大军陈兵淮水边，抓来敌人众俘虏。阻截敌军淮水旁，王师就地把军驻。

王旅啴（tǎn）啴，如飞如翰，如江如汉。如山之苞，如川之流。绵绵翼翼，不测不克，濯征徐国。

【译文】

王师势盛气昂扬，好像雄鹰疾飞翔，又像江汉水急淌。好比高山难摇撼，就像大河洪流响。连绵不断声势壮，不可估量难战胜，大战徐国定南方。

王犹允塞，徐方既来。徐方既同，天子之功。四方既平，徐方来庭。徐方不回，王曰还归。

【译文】

君王计谋真严密，徐国投降来归顺。同意称臣大一统，英明天子建功勋。天下四方已平定，徐国归顺我朝廷。徐国从此不反叛，宣王班师踏归程。

瞻 印

瞻印昊天，则不我惠。孔填不宁，降此大厉。邦靡有定，士民其瘵。蟊贼蟊疾，靡有夷届。罪罟不收，靡有夷瘳。

【译文】

仰望茫茫的上天，上天不把我顾怜。天下很久不安宁，降下如此大灾难。国不安定局面乱，百姓水火中熬煎。又是虫害和瘟疫，祸患没了又没完。罪网张开不收敛，一切反常不复原。

人有土田，女反有之。人有民人，女覆夺之。此宜无罪，女反收之。彼宜有罪，女覆说之。

【译文】

别人有的土和田，你却侵占归已有。别人家里有奴仆，你却强行要夺走。这人无辜本无罪，你不讲理来拘捕。那些本是有罪人，你却开脱来庇护。

哲夫成城，哲妇倾城。懿厥哲妇，为枭为鸱。妇有长舌，维厉之阶。乱匪降自天，生自妇人。匪教匪诲，时维妇寺。

【译文】

男子聪明能立国，女子聪明毁国家。女子漂亮又聪明，就像恶枭猫头鹰。妇有长舌爱多嘴，惹是生非是祸根。祸乱不是从天降，出自妇人真不幸。君王无人来教诲，身边只有荡妇和佞臣。

鞫（jū）人忮忒，谮始竟背。岂曰不极？伊胡为慝（tè）？如贾三倍，君子是识。妇无公事，休其蚕织。

【译文】

穷极嫉恨变诈术，谗言前后相矛盾。难道她还不凶狠？为啥喜欢这妇人？好比商人会赚钱，叫他参政难胜任。妇女不该管国事，她对蚕织不躬亲。

天何以刺？何神不富？舍尔介狄，维予胥忌。不吊不祥，威仪不类。人之云亡，邦国殄瘁。

【译文】

上天为何责幽王？神明为啥不赐福？大祸姑息不明察，却对我们来抱怨。人们遭难不体恤，礼节不修失规范。良臣贤士都跑光，国家困苦很危险。

天之降罔，维其优矣。人之云亡，心之忧矣。天之降罔，维其几矣。人之云亡，心之悲矣。

【译文】

上天降下灾异网，它是那样宽又广。良臣贤士都逃光，我心焦虑好忧伤。上天降下灾异网，国家危险人心慌。良臣贤士都逃光，我心焦虑好悲伤。

觱（bì）沸槛泉，维其深矣。心之忧矣，宁自今矣。不自我先，不自我后。藐藐昊天，无不克巩。无忝皇祖，式救尔后。

【译文】

泉水汩汩向外喷，源头实在非常深。我心焦虑多忧伤，难道只是始于今？祸乱不来自我生前，也不在我死后才发生。苍天茫茫多高远，约束万物定乾坤。不要辱没你祖宗，匡救王朝为子孙。

召　旻

旻天疾威，天笃降丧。瘨（diān）我饥馑，民卒流亡。我居圉卒荒。

【译文】

上天狠心又威严，接二连三降灾乱。饥馑遍地灾情重，百姓纷纷去逃难。京都边陲无人烟。

天降罪罟，蟊贼内讧。昏椓靡共，溃溃回遹，实靖夷我邦。

【译文】

天降罪网好严重，蟊贼相争起内讧。宦官乱政职不供，昏聩邪僻肆逞凶，想把国家来断送。

皋皋訿訿，曾不知其玷。兢兢业业，孔填不宁，我位孔贬。

【译文】

造谣诽谤奸佞人，天子不知其污点。我等为国皆勤勉，长久不能把心安，职位不升反遭贬。

如彼岁旱，草不溃茂，如彼栖苴。我相此邦，无不溃止。

【译文】

好比遇到大旱年，地里百草不丰茂，好像枯草已枯萎。看看国家这个样，马上就要崩溃掉。

维昔之富，不如时；维今之疚，不如兹。彼疏斯粺（bài），胡不自替？职兄斯引。

【译文】

我看昔日的富人，生活过得那么好；我看今日贫穷人，日子过得如此糟。人吃粗粮他白米，为何自己不下台？只是愈加来拖延。

池之竭矣，不云自频？泉之竭矣，不云自中？溥斯害矣，职兄斯弘，不灾我躬？

【译文】

池水枯竭非一天，岂不开始在边沿？泉水枯竭源头断，岂不开始在中间？小人为害太普遍，这种情况在发展，难道我不受牵连？

昔先王受命，有如召公。日辟国百里，今也日蹙国百里。於乎哀哉，维今之人，不尚有旧？

【译文】

昔日文王受天命，召公辅佐好贤臣。从前日拓百里地，今天日失百里土。可叹可悲真痛心，看那今天满朝人，是否还有旧忠臣？

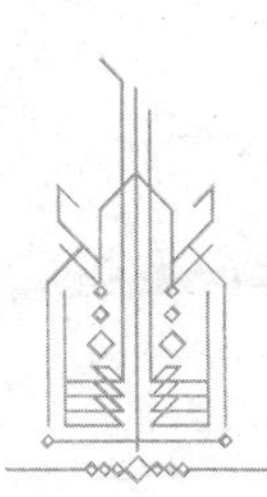

颂

周颂·清庙之什

清　庙

於穆清庙，肃雍显相。济济多士，秉文之德。对越在天，骏奔走在庙。不显不承，无射於人斯。

【译文】

啊，在那庄重壮美清庙中，助祭公卿恭敬又雍容。祭祀之人特别多，文王德教记心中。遥对文王天之灵，奔走奉事疾如飞。光明显赫延后世，受人景仰永无穷。

维天之命

维天之命，於穆不已。於乎不显！文王之德之纯。假以溢我，我其收之。骏惠我文王，曾孙笃之。

【译文】

上天沿着轨道行，庄严肃穆永不停。啊，文王美德显赫光明！文王品德真纯正。文王美德充实我们，他的美德我们一定要继承。我们顺从文王的美德，子孙后代要忠诚笃行。

维　清

维清缉熙，文王之典。肇禋，迄用有成，维周之祯。

【译文】

想我朝政真清明，文王法典是根本。从开始祭祀出征，到现在已大功告成，它是周朝吉祥的原因。

烈　文

烈文辟公，锡兹祉福。惠我无疆，子孙保之。无封靡于尔邦，维王其崇之。念兹戎功，继序其皇之。无竞维人，四方其训之。不显维德，百辟其刑之。於乎！前王不忘。

【译文】

功赫德高诸侯公，文王赐福添光荣。对我周朝永驯顺，子孙长葆福无穷。莫在封国造大孽，文王对你才尊重。顾念你们有大功，继承祖业更恢弘。强盛莫过得贤士，四方之国才顺从。光大崇高好品德，诸侯就会学此风。啊！先王美德记心中。

天　作

天作高山，大王荒之。彼作矣，文王康之。彼徂矣岐，有夷之行。子孙保之。

【译文】

天生高山好荒凉，太王治理庄稼长。百姓在此盖新房，文王使民享安康。那险峻的岐山上，有了大道坦荡荡。子孙永葆勿丧亡！

昊天有成命

昊天有成命，二后受之。成王不敢康，夙夜基命宥密。於缉熙，单厥心，肆其靖之。

【译文】

上天早把命排定，文王武王受天命。成王不敢图安逸，日夜勤政国家宁。啊，成王品德多光明，宽厚仁慈尽忠心，国家巩固民安定。

我　将

我将我享，维羊维牛，维天其右之。仪式刑文王之典，日靖四方。伊嘏（gǔ）文王，既右飨之。我其夙夜，畏天之威，于时保之。

【译文】

我献祭品祈上天，奉献牛羊不间断，上天保佑国平安。效法文王的法典，治理国家无丧乱。神圣伟大我文王，享受祭品保平安。日夜勤劳不怠慢，畏天发怒降灾难，于是长久保江山。

时　迈

时迈其邦，昊天其子之，实右序有周。薄言震之，莫不震叠。怀柔百神，及河乔岳。允王维后。明昭有周，式序在位。载戢干戈，载櫜（gāo）弓矢。我求懿德，肆于时夏，允王保之。

【译文】

出发巡视大小邦，上帝视我如儿郎，保我大周国运昌。当初发怒讨商纣，四方诸侯皆惊惶。敬祭安抚各路神，遍及大河和高山。武王不愧圣贤王。光照大周耀四方，大臣序爵皆得当。干戈收起没用场，弓箭收好袋中藏。追求美德有威望，广施善政定国邦，我的江山永固强。

执　竞

执竞武王，无竞维烈。不显成康，上帝是皇。自彼成康，奄有四方，斤斤其明。钟鼓喤（huáng）喤，磬筦（guǎn）将将，降福穰穰。降福简简，威仪反反。既醉既饱，福禄来反。

【译文】

自强不息周武王，克商功业世无双。成王康王也荣耀，上帝嘉奖众君王。自从成康二王始，周王边疆广四方，他们道德多明亮。敲钟擂鼓咚咚响，磬管互应响锵锵，上天赐福降吉祥。降得福禄大又广，祭礼隆重又端庄。各位神灵醉又饱，报你福禄绵绵长。

思　文

思文后稷，克配彼天。立我烝民，莫非尔极。贻我来牟，帝命率育。无此疆尔界，陈常于时夏。

【译文】

文德双全是后稷，你的功绩与天齐。粮米养活我万民，你的善德高无比。你把大小麦种赐百姓，秉承天命养民众。莫要划下田中界，推行农政到四方。

周颂·臣工之什

臣工

嗟嗟臣工，敬尔在公。王釐（lài）尔成，来咨来茹。嗟嗟保介，维莫之春。亦又何求？如何新畬（yú）？於皇来牟，将受厥明。明昭上帝，迄用康年。命我众人，庤（zhì）乃钱镈（bó），奄观铚（zhì）艾。

【译文】

敬告百官和群臣，公事认真来办理。周王赐你耕作法，赶快前来同商议。农官你要忠职守，现在正好是暮春，你们还有啥要求？新田熟田怎耕耘？田中麦子长势好，庄稼很快要收割。光明昭彰的上帝，降下丰年好收成。命令众位老百姓，备好锄头扛起锹，我要遍察收庄稼。

噫嘻

噫嘻成王，既昭假尔。率时农夫，播厥百谷。骏发尔私，终三十里。亦服尔耕，十千维耦。

【译文】

啊，我们的成王，一片虔诚与神通。统领农夫下田地，播种百谷勤耕耘。迅速开垦你私田，方圆三十里都种遍。从事农活努力干，万人并耕在田间。

振　鹭

振鹭于飞，于彼西雝（yōng）。我客戾止，亦有斯容。在彼无恶，在此无斁（yì）。庶几夙夜，以永终誉。

【译文】

白鹭翩翩展翅翔，落在西边水泽上。我的贵客已来临，美好仪容好模样。望他日夜能自勉，众口赞誉美名扬。

丰　年

丰年多黍多稌（tú），亦有高廪，万亿及秭（zǐ）。为酒为醴，烝畀祖妣。以洽百礼，降福孔皆。

【译文】

丰年黍子稻子多，装满高仓一座座，成千上万数不过。酿成醇酒和甜醪，献给先妣先考喝。各种祭品摆满桌，遍降洪福无灾祸。

有　瞽

有瞽（gǔ）有瞽，在周之庭。设业设虡（jù），崇牙树羽。应田县鼓，鞉（táo）磬柷（zhù）圉。既备乃奏，箫管备举。喤喤厥声，肃雍和鸣，先祖是听。我客戾止，永观厥成。

【译文】

盲人乐师真不少，演奏音乐到周庙。雕花木架设置好，木齿上面插羽毛。小鼓大鼓悬挂鼓，石磬、柷、圉还有鼗。各种乐器一齐奏，同时吹起管和箫。钟鼓之声多嘹亮，声音和谐又肃敬，献给先祖神灵听。贵客今天也光临，曲终长久赞美声。

潜

猗与漆沮，潜有多鱼。有鳣有鲔，鲦鲿鰋鲤。以享以祀，以介景福。

【译文】

在那漆水沮河中，水深各种鱼儿游。既有鳣鱼和鲔鱼，鲦鲿鰋鲤都捕获。用来祭祀供祖宗，祈求大福免灾祸。

雍

有来雍雍，至止肃肃。相维辟公，天子穆穆。於荐广牡，相予肆祀。假哉皇考，绥予孝子。宣哲维人，文武维后。燕及皇天，克昌厥后。绥我眉寿，介以繁祉。既右烈考，亦右文母。

【译文】

前来人们都和善，举止恭敬又端庄。诸侯助祭在庙堂，天子端庄好榜样。献上肥大的雄牲，助我祭祀献牛羊。伟大光荣我父皇，安抚孝子把福降。任用聪明仁智臣，文德武功好君王。祭祀安定我皇天，子孙后代都兴旺。保我平安寿命长，助我多福多吉祥。我敬先父把酒饮，又敬我那贤德大姒娘。

载见

载见辟王，曰求厥章。龙旂（qí）阳阳，和铃央央。鞗（tiáo）革有鸧，休有烈光。率见昭考，以孝以享，以介眉寿。永言保之，思皇多祜。烈文辟公，绥以多福。俾缉熙于纯嘏。

【译文】

诸侯始来拜周王，众人都来求典章。绣龙彩旗真漂亮，车铃旗铃响叮当。辔头金饰明晃晃，华丽美好放光芒。带领诸侯祭武王，隆重献祭在庙堂，祈求赐我寿无疆。保佑天命永久长，赐福众人多吉祥。诸侯大臣功德高，赐给他们福祉长，使其前程光明福无量。

有客

有客有客，亦白其马。有萋有且，敦琢其旅。有客宿宿，有客信信。言授之絷，以絷其马。薄言追之，左右绥之。既有淫威，降福孔夷。

【译文】

有位客人来我朝，骑着一匹白骏马。随从人员一大群，个个品德无瑕疵。客人头晚在此宿，二夜三夜再留下。叫人送他一根绳，把他马儿四蹄扎。终于饯行送客走，群臣百官欢送他。客人具有大美德，天赐福禄会更大。

武

於皇武王，无竞维烈。允文文王，克开厥后。嗣武受之，胜殷遏刘，耆定尔功。

【译文】

赞叹伟大周武王，你的功业世无双。诚信德高周文王，能为后人把业创。嗣子武王承遗业，战胜敌人灭殷商，大功告成远名扬。

周颂·闵予小子之什

闵予小子

闵予小子，遭家不造，嬛（qióng）嬛在疚。於乎皇考！永世克孝。念兹皇祖，陟降庭止。维予小子，夙夜敬止。於乎皇王！继序思不忘。

【译文】

哀我继位还年轻，家中遭难真不幸，心中忧伤苦伶仃。啊，我伟大先父亲！能尽孝道终其生。想我祖父天之灵，仿佛上下往来于朝廷。我今继位年纪轻，早夜操劳很谨慎。伟大先王请放心！誓继遗业永记铭。

访　落

访予落止，率时昭考。於乎悠哉！朕未有艾。将予就之，继犹判涣。维予小子，未堪家多难。绍庭上下，陟降厥家。休矣皇考，以保明其身。

【译文】

即位之初求谋略，父王德政永遵循。真是任重而道远！我年纪轻没本领。助我遵行先王道，继承宏业定大计。想我如今年纪轻，家中多灾难胜任。先父曾将祖德承，正确任免众朝臣。想我先父多英明，保佑勉励我终身。

敬 之

敬之敬之，天维显思，命不易哉！无曰高高在上，陟降厥士，日监在兹。维予小子，不聪敬止。日就月将，学有缉熙于光明。佛时仔肩，示我显德行。

【译文】

为人处事须警惕，天道明察不可欺，天命难保不容易！别说苍天高在上，升降人间无形迹，每天监视在此地。我刚即位年龄轻，不明不戒受蒙蔽。日积月累常学习，学习渐进明事理。群臣辅我担重任，美德向我多启迪。

小 毖

予其惩，而毖后患。莫予荓（píng）蜂，自求辛螫（shì）。肇允彼桃虫，拚（fān）飞维鸟。未堪家多难，予又集于蓼。

【译文】

我要吸取以往教训，警惕后患再发生。无人辅佐来指引，自寻苦痛忧我心。始信鹪鹩确很小，却成大鸟来飞腾。家国多难不胜任，又遇苦事陷困境。

载 芟

载芟（shān）载柞（zé），其耕泽泽。千耦其耘，徂隰徂畛（zhěn）。侯主侯伯，侯亚侯旅。侯强侯以。有嗿（tǎn）其馌，思媚其妇，有依其士。有略其耜，俶载南亩。播厥百谷，实函斯活。驿驿其达，有厌其杰。厌厌其苗，绵绵其麃（biāo）。载获济济，有实其积。万亿及秭。为酒为醴，烝畀祖妣，以洽百礼。有飶（bì）其香，邦家之光。有椒其馨，胡考之宁。匪且有且，匪今斯今，振古如兹。

【译文】

清除杂草把树砍，土地耕得松又软。耕耘之人有几千，前往低地和田畔。家长带着大儿子，几个弟弟跟后边。壮汉雇工一起干。大家吃饭声音响，送饭妇人美容颜，耕田男子真强悍。耕田犁铧真锋利，先到田里把地翻。各色种子播下去，颗颗粒粒含生气。苗儿不断冒出来，高大粗壮讨人喜。禾苗齐整长得好，仔细除去田中草。收获之人一帮帮，禾捆堆得高又高。成千上万真不少。酿成醇酒和甜酒，敬奉先祖和先妣，各种祭品摆满桌。造出醇酒味芬芳，家门荣幸国争光。美酒香气飘四方，供养老人得安康。不只这儿农活忙，丰收并非破天荒，自古以来就这样。

良 耜

畟（cè）畟良耜，俶载南亩。播厥百谷，实函斯活。或来瞻女，载筐及筥。其饷伊黍，其笠伊纠。其镈（bó）斯赵，以薅（hāo）荼蓼。荼蓼朽止，黍稷茂止。获之挃（zhì）挃，积之栗栗。其崇如墉，其比如栉。以开百室。百室盈止，妇子宁止。杀时犉（chún）牡，有捄（qiú）其角。以似以续，续古之人。

【译文】

犁头雪亮又锋利，拿到田间把地耕。各色种子撒下去，种子含气容易生。有人送饭来看你，带着方筐和圆篮。其中盛着黄米饭，头戴草编圆斗笠。挥动锄头不间断，荼蓼杂草都除完。荼草蓼草已腐烂，黍子谷子长得欢。收割庄稼嚓嚓响，禾捆堆成一行行。粮垛高高如城墙，密集如同梳一样。家家开仓运粮食。家家户户粮满仓，老婆孩子心里安。杀了这头大黄牛，牛有双角弯如钩。继续祭祀社稷神，继承祭礼不能丢。

丝　衣

丝衣其紑（fóu），载弁俅（qiú）俅。自堂徂基，自羊徂牛。鼐（nài）鼎及鼒（zī），兕觥其觩。旨酒思柔。不吴不敖，胡考之休。

【译文】

丝制礼服白又亮，戴帽恭敬入庙堂。走下庙堂到门槛，从羊到牛细端详。大鼎中鼎加小鼎，兕角酒杯向上弯。美酒醇厚香又甜。轻声细语不傲慢，长寿洪福降身边。

酌

於铄王师，遵养时晦。时纯熙矣，是用大介。我龙受之，蹻（jiǎo）蹻王之造。载用有嗣，实维尔公允师。

【译文】

王师战绩多辉煌，挥兵东征灭殷商。于是天下亮堂堂，上天降下大吉祥。荣受天命承祖业，武王功业多辉煌。我能当好继承人，实在把武王你当做好榜样。

桓

绥万邦，娄丰年。天命匪解。桓桓武王，保有厥士。于以四方，克定厥家。於昭于天，皇以间之。

【译文】

武王自把天下定，年年都是丰收年。天佑周朝不松劲。英明威武周武王，拥有劲旅和强兵。四方敌人消灭尽，能保国家得安宁。武王明德遍天下，取代殷纣做人君。

赉

文王既勤止，我应受之。敷时绎思，我徂维求定。时周之命，於绎思。

【译文】

文王勤劳过一生，治国之道我继承。推广实行常思考，遍行天下求安定。文王功德是天命，时常思念牢记心。

般

於皇时周，陟其高山。嶞（duò）山乔岳，允犹翕河。敷天之下，裒时之对，时周之命。

【译文】

周朝江山多壮美，天子登高祭山川。小山大山连成片，黄河众流汇海边。普天下的诸侯百官，聚集在此受天子接见，这些都与周朝的命运相关。

鲁颂

駉

駉（jiōng）駉牡马，在坰之野。薄言駉者，有驈（yù）有皇，有骊有黄，以车彭彭。思无疆，思马斯臧。

【译文】

一群公马高又壮，遥远郊外去放养。要问是些什么马，有的白胯有的浅黄，有的漆黑有的金黄，拉起车来有力量。鲁公深谋又远虑，牧养马儿很兴旺。

駉駉牡马，在坰之野。薄言駉者，有骓有駓（pī），有骍（xīng）有骐，以车伾（pī）伾。思无期，思马斯才。

【译文】

一群公马高又壮，遥远郊外去放养。这群马儿长得帅，有深灰也有黄白，有通红又有青黑，拉起车来跑得快。鲁公把马记心怀，训练马儿长成材。

駉駉牡马，在坰之野。薄言駉者，有驒（tuó）有骆，有骝有雒（luò），以车绎绎。思无斁（yì），思马斯作。

【译文】

一群公马高又壮，遥远郊外去放养。这群马儿长得俊：有的黑鬃白身有的长鱼鳞纹，有的红身黑鬃有的黑身白鬃，拉起车来跑不停。鲁公不倦常思考，训练马儿快奔腾。

駉駉牡马，在坰之野。薄言駉者，有骃有騢（xiá），有驔（diàn）有鱼，以车祛祛。思无邪，思马斯徂。

【译文】

一群公马高又壮，遥远郊外去放养。这群马儿长得好，有的浅灰有的土红，有的白腿有的白眼睛，拉起车来很矫健。鲁公思想纯又正，训练马儿能远奔。

有 駜

有駜（bì）有駜，駜彼乘黄。夙夜在公，在公明明。振振鹭，鹭于下。鼓咽咽，醉言舞。于胥乐兮。

【译文】

马儿强健又肥壮，四匹大马颜色黄。群臣一早在办公，公堂之上政务忙。跳舞好像鹭鸶飞，又像鹭鸶落地上。伴奏鼓声咚咚响，带醉起舞摇晃晃。众人乐得心花怒放。

有駜有駜，駜彼乘牡。夙夜在公，在公饮酒。振振鹭，鹭于飞。鼓咽咽，醉言归。于胥乐兮。

【译文】

马儿强健又肥壮，四匹公马体格强。群臣一早在办公，公堂之上美酒尝。跳舞好像鹭鸶飞，又像鹭鸶轻飘荡。鼓声伴奏声声响，带醉回到家里躺。众人乐得心花怒放。

有駜有駜，駜彼乘駽（xuān）。夙夜在公，在公载燕。自今以始，岁其有。君子有穀，诒孙子。于胥乐兮。

【译文】

马儿强健又肥壮，四匹青马气昂扬。群臣一早在办公，公堂宴饮举酒觞。从今开始屈指算，年年丰收粮满仓。各位君子多福禄，传给子孙万年昌。众人乐得心花怒放。

泮　水

思乐泮水，薄采其芹。鲁侯戾止，言观其旂。其旂茷（pèi）茷，鸾声哕（huì）哕。无小无大，从公于迈。

【译文】

泮水那边人快乐，人在水边采芹菜。鲁侯来到泮水旁，只见旌旗一行行。绣龙旗帜在飘扬，车铃之声叮当响。不论卑贱和尊长，跟着鲁公上殿堂。

思乐泮水，薄采其藻。鲁侯戾止，其马蹻蹻。其马蹻（jiǎo）蹻，其音昭昭。载色载笑，匪怒伊教。

【译文】

泮水那边乐陶陶，人在水面采水藻。鲁侯大驾已来到，马儿强壮四蹄跑。马儿强壮四蹄跑，铃声清脆真热闹。鲁侯温和脸带笑，从不发怒善教导。

思乐泮水，薄采其茆（mǎo）。鲁侯戾止，在泮饮酒。既饮旨酒，永锡难老。顺彼长道，屈此群丑。

【译文】

泮水那边真愉快，人在水上采莼菜。鲁侯大驾已到来，泮水岸上酒筵摆。痛饮美酒真开怀，天赐长寿万年在。依照仁义大道行，制服南蛮除灾害。

穆穆鲁侯，敬明其德。敬慎威仪，维民之则。允文允武，昭假烈祖。靡有不孝，自求伊祜。

【译文】

鲁侯威严又端庄，修明德行振朝纲。容貌举止也端方，确是人民好榜样。真有文治和武功，英明能及众先王。事事仿效祖宗法，自求福佑保吉祥。

明明鲁侯，克明其德。既作泮宫，淮夷攸服。矫矫虎臣，在泮献馘（guó）。淑问如皋陶，在泮献囚。

【译文】

鲁侯努力好勤奋，能够修明好德行。已经修好这泮宫，淮夷屈服来称臣。将帅英勇如猛虎，献敌左耳在泮宫。狱吏审讯效皋陶，献敌俘虏上泮宫。

济济多士，克广德心。桓桓于征，狄彼东南。烝烝皇皇，不吴不扬。不告于讻，在泮献功。

【译文】

众位武将和文臣，都能发扬美德行。威风凛凛去南征，制服东南蛮夷人。武功战果真辉煌，凯旋归来静无声。犒赏之前不争辩，泮宫殿前把功献。

角弓其觩，束矢其搜。戎车孔博，徒御无斁（yì）。既克淮夷，孔淑不逆。式固尔犹，淮夷卒获。

【译文】

角弓弯弯硬又强，飞箭密集嗖嗖响。战车奔驰千百辆，官兵上下斗志昂。既已战胜了淮夷，淮夷听命不违抗。执行你的好计谋，终将淮夷全扫荡。

翩彼飞鸮，集于泮林。食我桑黮（shèn），怀我好音。憬彼淮夷，来献其琛（chēn）。元龟象齿，大赂南金。

【译文】

翩翩飞翔猫头鹰，停在泮水岸边林。吃罢我家紫桑椹，给我唱出悦耳声。看那粗野淮夷人，带着宝物进贡品。献上大龟和象牙，还要赠送南方金。

閟宫

閟（bì）宫有侐（xù），实实枚枚。赫赫姜嫄（yuán），其德不回。上帝是依，无灾无害。弥月不迟，是生后稷。降之百福。黍稷重穋（lù），稙（zhī）稚菽麦。奄有下国，俾民稼穑。有稷有黍，有稻有秬（jù）。奄有下土，缵禹之绪。

【译文】

肃穆清静姜嫄庙，高大宽广又坚牢。赫赫姜嫄功德高，品德纯正无瑕疵。上帝对她很关照，无灾无害福气好。怀胎十月不推迟，于是后稷降生了。上帝赐他百种福。赐他黍谷早晚稻，早晚豆麦也有了。后稷拥有普天下，使民稼穑善教导。高粱玉米长得好，还种黑黍和香稻。天下都归后稷有，继承大禹功业守。

后稷之孙，实维大王。居岐之阳，实始翦商。至于文武，缵大王之绪。致天之届，于牧之野。无贰无虞，上帝临女。敦商之旅，克咸厥功。王曰：叔父！建尔元子，俾侯于鲁。大启尔宇，为周室辅。

【译文】

后稷子孙有声望，古公亶父谥太王。从豳迁居岐山阳，开始准备灭殷商。传到文王和武王，太王事业更发扬。奉行天意伐商纣，牧野一战商朝亡。莫怀二心莫欺诳，人人头顶有上苍。打败商纣王大军，武王灭纣功辉煌。成王开口叫：“叔父，立你长子为侯王，封于鲁国守东方。大大扩展你境地，辅助周王作屏障。”

乃命鲁公，俾侯于东。锡之山川，土田附庸。周公之孙，庄公之子。龙旂（qí）承祀，六辔耳耳。春秋匪解，享祀不忒。皇皇后帝，皇祖后稷。享以骍牺，是飨是宜。降福既多。周公皇祖，亦其福女。

【译文】

于是成王命鲁公，让他为侯据山东。赐他山川与土地，还有小国和附庸。周公子孙鲁僖公，庄公之子有殊荣。继承祭礼举龙旗，四马六缰声势宏。四时祭祀不懈怠，玉帛牺牲按时供。光明伟大的上帝，同我先祖后稷用。赤色牺牲敬献上，飨祭宜祭典礼隆。天降洪福千百种。伟大先祖我周公，将福赐你真光荣。

秋而载尝，夏而楅（bī）衡。白牡骍刚，牺尊将将。毛炰（páo）胾（zì）羹，笾豆大房。万舞洋洋，孝孙有庆。俾尔炽而昌，俾尔寿而臧。保彼东方，鲁邦是常。不亏不崩，不震不腾。三寿作朋，如冈如陵。

【译文】

秋天尝祭庆丰收，夏天设栏把牛养。黄白公牛献神享，牛形酒杯真漂亮。烤猪切肉做肉汤，大小祭器摆案上。手执干戈舞姿壮，孝顺子孙常吉祥。神灵使你常兴旺，又使你长寿安康。安定周朝的东方，守住国土保鲁邦。如同高山不崩塌，如同大河不泛滥。三寿老人作朋友，国家坚固如山冈。

公车千乘，朱英绿縢（téng），二矛重弓。公徒三万，贝胄朱綅（qīn），烝徒增增。戎狄是膺，荆舒是惩，则莫我敢承。俾尔昌而炽，俾尔寿而富。黄发台背，寿胥与试。俾尔昌而大，俾尔耆而艾。万有千岁，眉寿无有害。

【译文】

鲁公战车有千乘，车上红缨和绿绳，弓矛成双排成阵。鲁公三万子弟兵，头盔缀贝亮晶晶，士兵众多力千钧。痛击北狄和西戎，教训南舒和楚荆，无国能抗鲁国兵。神灵使你得昌盛，使你富裕又长命。黄发驼背是老人，大家长寿共长存。使你大福又昌盛，千秋万岁永年轻。你能长命千万岁，长寿无灾添精神。

泰山岩岩，鲁邦所詹。奄有龟蒙，遂荒大东，至于海邦。淮夷来同。莫不率从，鲁侯之功。

【译文】

泰山高大又雄伟，鲁国百姓都景仰。拥有龟蒙两座山，边境广大到东面，一直延伸到海边。淮夷到鲁来朝见，没谁不跟鲁国转，都是鲁国业绩和贡献。

保有凫绎，遂荒徐宅。至于海邦，淮夷蛮貊。及彼南夷，莫不率从。莫敢不诺，鲁侯是若。

【译文】

拥有凫山和峄山，又把徐国弄到手。沿海小国都归附，东南淮夷齐俯首。势力直达荆楚地，莫不顺从来相投。没有哪国不同意，人人顺从尊鲁侯。

天锡公纯嘏，眉寿保鲁。居常与许，复周公之宇。鲁侯燕喜，令妻寿母。宜大夫庶士，邦国是有。既多受祉，黄发兒（ní）齿。

【译文】

天赐鲁公大吉祥，高龄长寿保鲁邦。占有常邑和许田，恢复周公旧封疆。鲁侯庆祝设喜宴，贤妻良母受颂扬。大夫诸臣都和睦，国家强大保兴旺。鲁侯健康多福祉，发黄新齿永健康。

徂来之松，新甫之柏。是断是度，是寻是尺。松桷有舄，路寝孔硕。新庙奕奕，奚斯所作。孔曼且硕，万民是若。

【译文】

徂徕山上青松栽，新甫山上长翠柏。砍下树木又劈开，量好尺寸砍成材。松木粗椽一排排，筑好宫殿好气派。新庙挺拔有光彩，奚斯受命来修盖。新庙既宽又很大，顺应民心人人爱。

商颂

那

猗与那与，置我鞉（táo）鼓。奏鼓简简，衎（kàn）我烈祖。汤孙奏假，绥我思成。鞉鼓渊渊，嘒嘒管声。既和且平，依我磬声。於赫汤孙，穆穆厥声。庸鼓有斁，万舞有奕。我有嘉客，亦不夷怿。自古在昔，先民有作。温恭朝夕，执事有恪。顾予烝尝，汤孙之将。

【译文】

祭典盛大又繁复，摆好摇鼓和大鼓。击鼓咚咚响不停，以此娱乐我先祖。商汤后代祈神明，助我顺利拓疆土。摇鼓大鼓声声响，竹管呜呜掀声浪。曲调协和音质美，玉磬声声引众乐。商汤子孙多显赫，乐声美好且动听。铿锵洪亮钟鼓鸣，洋洋万舞也齐整。助祭嘉宾皆光临，岂不欢乐笑盈盈。遥远古代先民们，早把祭礼安排定。早晚和顺又有礼，从事祭祀多恭敬。秋冬之祭请光临，襄公祭祀表衷情。

烈　祖

嗟嗟烈祖！有秩斯祜。申锡无疆，及尔斯所。既载清酤，赉（lài）我思成。亦有和羹，既戒既平。鬷（zōng）假无言，时靡有争。绥我眉寿，黄耇（gǒu）无疆。约軧（qí）错衡，八鸾鸧鸧。以假以享，我受命溥将。自天降康，丰年穰穰。来假来飨，降福无疆。顾予烝尝，汤孙之将。

【译文】

功德赫赫的祖先！齐天大福降不断。赐给子孙福无边，送达宋公的身边。斟上清酒祭神灵，赐福保我得安宁。祭品也有五味羹，味道可口又齐全。肃静无声祭祖先，不吵不争不开言。求神佑我寿百年，黄发黑面寿无限。彩绘车衡绳缠辕，叮叮当当八只铃。诸侯乘车祭品献，我受天命广又长。天降洪福多安康，五谷丰登粮满仓。先祖降临来受享，降下福禄大无疆。秋冬之际请赏光，襄公奉献情意长。

玄鸟

天命玄鸟，降而生商。宅殷土芒芒。古帝命武汤，正域彼四方。方命厥后，奄有九有。商之先后，受命不殆，在武丁孙子。武丁孙子，武王靡不胜。龙旂十乘，大饎（chì）是承。邦畿千里，维民所止，肇域彼四海。四海来假，来假祁祁。景员维河，殷受命咸宜，百禄是何。

【译文】

天命燕子落地上，生下契来始建商。住在殷土多宽广。往昔上帝命成汤，划分疆域治四方。广施号令为君王，九州尽入商封疆。殷商先祖受天命，国运久长安无恙，全靠武丁是贤王。后代武丁是贤王，成汤大业他承当。十乘马车插龙旗，满载酒菜来祭享。国土方圆千余里，人民安居这地方，四海之内是封疆。四方夷狄来朝见，络绎不绝熙攘攘。景山四周黄河绕，殷商受命最适合，身受福禄永吉祥。

长 发

浚哲维商，长发其祥。洪水芒芒，禹敷下土方。外大国是疆，幅陨既长。有娀（sōng）方将，帝立子生商。

【译文】

商有聪慧的先王，上天常常示吉祥。远古洪水白茫茫，大禹治水安四方。外扩领土拓封疆，夏禹本土宽又广。有娀氏国始兴旺，生子名契建殷商。

玄王桓拨，受小国是达，受大国是达。率履不越，遂视既发。相土烈烈，海外有截。

【译文】

商契威武又英明，受封小国令能行，受封大国能行令。从不越轨礼义遵，遍加视察促实行。契孙相土真威武，四海诸侯都归顺。

帝命不违，至于汤齐。汤降不迟，圣敬日跻。昭假迟迟，上帝是祗（zhī）。帝命式于九围。

【译文】

上帝之命不违抗，代代奉行至成汤。汤王降生应时运，聪明恭敬求上进。虔诚祈祷久不停，无限崇敬尊上苍。帝命九州齐效汤。

受小球大球，为下国缀旒。何天之休，不竞不絿（qiú），不刚不柔，敷政优优，百禄是遒。

【译文】

大法小法承天授，作为表率显诸侯。蒙受上天赐美名，从不争强不急躁，既有刚强又有柔，推行政教也仁厚，身上聚集好福禄。

受小共大共，为下国骏厖（máng），何天之龙。敷奏其勇，不震不动。不戁不竦，百禄是总。

【译文】

大玉小玉承天授，仁义笃厚为君主，由此获得上天宠。大施神威奏战功，不震惊也不动摇。不胆怯也不惶恐，百样福禄都聚拢。

武王载旆，有虔秉钺。如火烈烈，则莫我敢曷。苞有三蘖（niè），莫遂莫达。九有有截。韦顾既伐，昆吾夏桀。

【译文】

汤王带旗去出征，斧钺在手很威风。如火气势多凶猛，没有谁敢挡我军。树枝分杈有三根，没有一根能够生。天下九州全归顺。韦顾两国已占领，昆吾、夏桀也亡命。

昔在中叶，有震且业。允也天子，降予卿士。实维阿衡，实左右商王。

【译文】

往昔中期国兴旺，威力强大震四方。汤为天子有诚信，卿士贤明自天降。贤明卿士是阿衡，是他辅佐商汤王。

殷武

挞彼殷武，奋伐荆楚。罙（mí）入其阻，裒（póu）荆之旅。有截其所，汤孙之绪。

【译文】

殷商大军疾如风，奋起起兵讨荆楚。深入楚地排险阻，大败楚军全俘虏。征服地方全治理，汤王之孙有功绩。

维女荆楚，居国南乡。昔有成汤，自彼氐羌，莫敢不来享，莫敢不来王，曰商是常。

【译文】

你们荆楚是蛮邦，住在中国的南方。昔日远祖号成汤，即使遥远氐和羌，谁敢不来献宝藏，谁敢不来朝汤王，全都服从我殷商。

天命多辟，设都于禹之绩。岁事来辟，勿予祸适。稼穑匪解。

【译文】

天子下令诸侯听，禹治水处建都城。每年祭祀来朝见，不给你们加罪名。莫要疏忽误农耕。

天命降监，下民有严。不僭不滥，不敢怠遑。命于下国，封建厥福。

【译文】

天命成汤视下界，下界民众皆恭敬。不越礼仪不妄动，不敢怠慢总勤恳。成汤在诸侯国行教令，上天把大量福禄赐我们。

商邑翼翼，四方之极。赫赫厥声，濯濯厥灵。寿考且宁，以保我后生。

【译文】

商都都城宏伟又齐整，好给四方作标准。他有赫赫好名声，纯洁光明显威灵。武丁长寿国安宁，保我子孙享太平。

陟彼景山，松柏丸丸。是断是迁，方斫是虔。松桷（jué）有梴（chān），旅楹有闲，寝成孔安。

【译文】

迈步登上那景山，松柏屹立直端端。砍断松柏往回搬，砍平这边削那边。又直又长松木椽，根根柱子粗而圆，寝庙修成神灵安。

图书在版编目（CIP）数据

诗经 / 叶春林校译 . -- 武汉 : 崇文书局 , 2020.6
（崇文国学普及文库）
ISBN 978-7-5403-5716-0

Ⅰ . ①诗…
Ⅱ . ①叶…
Ⅲ . ①古体诗—诗集—中国—春秋时代
②《诗经》—译文
Ⅳ . ① I222.2

中国版本图书馆 CIP 数据核字 (2019) 第 246483 号

诗经

责任编辑 陶永跃 郑小华
装帧设计 刘嘉鹏 甘淑媛
出版发行 长江出版传媒 | 崇文书局
业务电话 027-87293001
印　　刷 武汉市首壹印务有限公司
版　　次 2020年6月第1版
印　　次 2020年6月第1次印刷
开　　本 880×1230 1/32
印　　张 11.625
定　　价 39.80元

本书如有印装质量问题，可向承印厂调换